高定存◎著

祖筌的黄河

暨南大学出版社
JINAN UNIVERSITY PRESS

中国·广州

图书在版编目（CIP）数据

祖辈的黄河 / 高定存著. — 广州：暨南大学出版社，2020.12（2021.5 重印）
ISBN 978-7-5668-3069-2

Ⅰ.①祖… Ⅱ.①高… Ⅲ.①散文集—中国—当代 Ⅳ.① I267

中国版本图书馆 CIP 数据核字（2020）第 239160 号

祖辈的黄河
ZUBEI DE HUANGHE
著　者：高定存

出 版 人：张晋升

策　　划：张晋升
责任编辑：颜　彦　王辰月
责任校对：黄　球　冯月盈　刘　蓓
责任印制：周一丹　郑玉婷
装帧设计：山　内

出版发行：暨南大学出版社（510630）
电　　话：总编室（8620）85221601
　　　　　营销部（8620）85225284　85228291　85228292　85226712
传　　真：（8620）85221583（办公室）　85223774（营销部）
网　　址：http://www.jnupress.com
排　　版：广州市天河星辰文化发展部照排中心
印　　刷：深圳市新联美术印刷有限公司
开　　本：787mm×960mm　1/16
印　　张：14.75
字　　数：165 千
版　　次：2020 年 12 月第 1 版
印　　次：2021 年 5 月第 2 次
定　　价：49.80 元

序

人一生能守住一条大河，是一件幸事，也是一件乐事。

我的家乡保德县，位于晋西北黄土高原腹地，晋陕峡谷东岸。黄河自北边的天桥峡奔腾而来，环绕过近半边县域，然后从南边的冯家川乡离境。河对岸是莽莽苍苍的陕北高原——一方古老而又骚动不安的土地。

我第一次见黄河，是在十三岁那年的春天，随父亲到三十里外的县城去，爬上一座黄土山梁，眼前突然一亮，一道宽阔的河川铺展在山脚下面。河中大水与两岸山梁颜色相近，浑然一体，猛一看好似满山的黄土流到了河里。极目眺望对岸，仿佛有百里之遥。看惯了七零八落的沟坡梁峁，突然看见这么一道大河川，我惊叹不已，顿时便觉得，家乡有这样一条大河，很了不起。

1982年，我大学毕业，在紧邻黄河的小县城安下家，从此就守在河边，看水涨水落，听河声浩浩，屈指数来已近四十载。1989年，我参加山西省青年作家散文大赛，写出《黄河流凌》

一文，迄今断断续续地记录黄河也已30年。在此期间，西至青海，下至山东，黄河沿岸的一些重要地段我都走过。特别是晋陕峡谷，我来来回回反复盘点，熟悉得如同自家门前的街路。

从我第一次看到黄河到现在，时间过去了50年。50年对于一个人来说委实不短，小孩变成了老头，但于古老的黄河来说，只是一瞬间。然而就在这一瞬间，河上也发生了一系列复杂而又巨大的变化，演绎出了一连串生动曲折的故事。

上世纪六十年代，河上大船往来，晋陕峡谷还是一条黄金水道。七十年代洪水滔滔，曾淹没过保德县城街道。八十年代流量大减，碧水如蓝，让许多初见黄河的人惊诧不已。九十年代一河水纤弱如丝，下游甚至连续出现断流，1997年居然断流226天。进入二十一世纪，天帮忙，人努力，河水渐渐恢复了流量。50年间，河上消失了船帆，河中少了河柴和鱼。后来沿河开了公路，跨河大桥宛若搭积木一般接二连三地架起来。峡谷里矗立起一座又一座大坝，水量由人工调控，不少河段水流变清，让古人心心念念的"黄河清"成了现实……黄河在过去50年里的新鲜事，比此前500年间发生的还要多。我守在小城里看河，犹如阅读一部史诗巨著。

黄河历来被看作是中华民族的血脉，黄河水流牵动着国人

祖望的黄河

的心，其意义不言而喻。守着这样一条大河，眼看着河上如此多的变化，自然不能无动于衷。几十年来，看黄河，描摹河中风物，记录河上故事，已经成为我的一种习惯。经年累月，杂七杂八，有趣的、无聊的，如捞河柴一般，不知不觉间捞起了一大堆。现在从里面选出36篇，按写作时间汇成这本集子，算是一个小结。山旋水转，沙飞浪涌，千里胜景，百年风物。这里有古老的航运故事，有历史钩沉，有地理探究，有古今人物逸事，有地方民俗，还有漫步黄河岸边的闲情逸致。

保德县城地处偏远，是黄河让这座小城生动了许多，黄河同时也赋予人们各种灵感。石走水流参大化，星移斗转见天心。世间万事万物，或明或暗，总有某种关联。浪花上能看到时代的变迁，波涛里能听见岁月的回声，写的是黄河物事，然而又不单是些物事。

长河滚滚，逝者如斯。守读黄河50年，打捞几束河柴在此，献给家乡，献给黄河。

是为序。

高定存，2020年10月于保德

目　录

祖莹的黄河

黄河流凌

时令小雪，夜里西北风大作，枣树与电线被刮得呜呜作响，寒流席卷着黄土高原上的村庄。

清晨出门，空气清冽，寒霜满地。脚下的黄土被冻得铁硬，裂开了横七竖八的条条细缝。我跑步来到晋陕峡谷的黄河边上，只见大河上下，白花花一片，河中大小冰块，前推后拥，挤满了河面——黄河流凌了！

好一派雄浑壮阔的景象！一夜之间，无尽的冰凌仿佛从天而泻，把几百米宽的河面塞得满满当当，前不见首，后不见尾，铺天盖地而来，浩浩荡荡而去。满河冰凌掠过，岸边留下阵阵袭人肌骨的寒气。

河面上不见帆影，没有水鸟，往日里的洄流、旋涡全都消失了，连水面也看不到多少，只有满河冰凌，挟带着清脆的撞击声，向下涌动，如赴敌之兵，列队疾行。没有徘徊，没有留恋，一河冰凌汇聚起雷霆万钧之势，向着一个目标挺进。大河上下，被一种庄严肃穆的气氛所笼罩。

初冬时节，黄土高原上一切有生命的东西都已归入沉寂。黄河两岸的枣树光秃秃的，一道道黄土山梁被寒风侵蚀得失去了夏日的丰腴，变得清瘦。山川寂寥，旷野萧条，蓝天之下，寒风之中，漫漫黄土高原之上，只有这一河冰凌在飞动，犹如一条银色巨龙。黄河水失去往日的奔腾咆哮，汇聚起一河冰凌，愈发显得深沉有力，愈发显得生机勃勃。

这雄壮的景象，使人想起了什么。"子在川上曰"太斯文，"黄河之水天上来"太浪漫，而"金戈铁马，气吞万里如虎"正是最准确的描绘。此刻站在岸边，不由得使人想仰天长啸，踏冰而去。一时间，仿佛领悟到了什么，却又说不出来，只是觉得心灵被这涌动的冰凌所摇撼，所征服，所俘获，感受到一种强大生命力的冲击。灵魂从麻木中复苏，我感受到了时光的流逝，感受到了生命的伟大。

是的，这是一河生命的洪流，有生也有死。冰，始生于水，终化为水，在短暂的旅程内，上演了这激昂壮烈的一幕。人，从冥冥中来，向冥冥中去，在旅经世界的短暂时光中，也应有壮烈的一幕。

朋友，如果你感到生活得很累的话，那么就请你在小雪时节的一个早晨，到黄土高原，到晋陕峡谷的黄河边上来，看一眼大河流凌的壮烈景观，吸一口河边清冽湿润的空气，听一回冰凌撞击的嚓嚓声，你定能挣脱无名的羁绊，抛却众多烦恼，抖落满脑子懵懂，重振雄风，踏上人生旅程，趁着好时光，演出壮怀激烈的一幕。

1989 年

祖莹的黄河

西口古渡看河灯

　　放河灯在我国是一项流传已久的民俗。因为不曾见过长江上放河灯的记载，所以我想，最壮观的河灯当漂流在黄河里。黄河上的河灯，当以晋陕峡谷中的河曲县为最，只看一回，便终生难忘。

　　河曲县放河灯在每年农历七月十五，地点在县城西侧的黄河古渡口上。最初放河灯是为敬奉神灵，给在黄河上死去的船工们超度亡魂，到现在已演变为民间的一种娱乐活动。

　　全国放河灯的地方有很多，各地河灯制作方法不尽相同。河曲河灯制作精巧，成本不高。先拿红黄粉绿等五颜六色的纸，裁成边长二十五厘米的方块，然后折叠四边，用浆糊粘成方形灯盒，随后将灯盒底部放到热蜡锅里蘸上蜡，取出后趁蜡未凝固再放到沙堆上蘸沙。灯盒底部蘸满蜡和沙，既可以防止灯盒被水泡湿，同时加重了灯盒底座的重量，放到水中不易被风吹翻。另用麻纸卷出长约七厘米的筒状灯捻，底端剪成鹰爪状，再用浆糊粘到灯盒中央。放河灯时，将食用黄油淋到灯捻上，点燃即可下水。正常情况下，一盏灯可以燃烧半个小时左右。早年间一次要放三百六十五盏河灯，而今改为三千六百五十盏，声势非凡。

农历七月，黄土高原秋高气爽，其时的黄河既不像夏季那样暴烈，也不像春季那样纤弱，秋水浩荡，雄浑壮阔，呈现一种慷慨悲凉之势。黄河在河曲这一段由北向南流过，河势相对开阔平缓。河这边是昔日的西口古渡，当年走西口的人就从这里登船出发。走旱路的，先渡河到对岸，然后风餐露宿，紧七天或者慢八天，一直步行到达包头；走水路的，由此乘船逆水拉纤而上，出生入死，闯过一道道鬼门关，殊途同归，最后也到达包头。

西口古渡现在还有一座保存完好的古戏台，是上演二人台《走西口》最理想的地方。古渡对岸是蜿蜒起伏的黄土山梁，不很险峻，但气势宏大。四下里荒无人烟，属内蒙古鄂尔多斯地界。

放河灯在天黑之后进行。当暮色渐起，晚霞消逝时，人们就来来回回从河边一座古庙里往河中一艘装饰考究的大船上搬运河灯。花花绿绿的河灯搬上船，小心安顿好之后，众人又七手八脚在大船两侧竖起几十支待燃的火把。等这些准备工作结束，天也就完全黑下来了。河对岸的黄土山梁淹没在夜色之中，只把高低起伏的乌黑剪影映在西边深蓝的天幕上。脚下的黄河涛声隐隐，站立岸边，但觉阵阵凉气从河面上袭来，夹杂着湿漉漉的泥土腥味，令人沉醉。举目望去，北斗星悬在黄河上空，似乎并不遥远，正是"星垂平野阔，月涌大江流"的意境。

蓦然，黑暗中一声炮响，古庙下大船上的几十支火把一齐被点燃，船尾的柴油发动机轰然响起。大船载着河灯，开足马力，径直向漆黑的河中心冲去。河风猎猎，吹得满船火把熊熊燃烧，使人想起火烧赤壁时黄盖的火船。

火船冲过中流，再逆水向上行驶一段，到了白天勘查好的地方，下锚将船固定好，放河灯便开始了。

因为离得远，又是黑夜，岸上还没看清河灯如何被点燃，第一盏河灯便从火把丛中轻盈地飞入水中，熠熠闪烁着向下漂来。紧接着第二盏、第三盏，一连串的河灯就飞下了河。红红绿绿的河灯一下水，旋即被流水带走，很自然地排成了一列纵队。从岸上望去，一盏又一盏河灯随水波一起一伏，如一队挑灯夜行的士兵，又如一队秉烛夜游的小精灵。

河灯越放越多，队伍也越拉越长。刚出发时，灯与灯之间是等距有序的，但走着走着便乱了套，仿佛大家耐不住寂寞，又仿佛是怕在茫茫黑夜浩浩长河上过于孤单冷清，于是就三个一组，五个一群，汇聚成了一个又一个小集团。靠近中流的，行得快些；靠近河岸的，走得慢些；还有一些则走着走着悄无声息地就没了踪影，如同一些人静悄悄地离开了这个世界。

河灯越放越多，阵势也越来越大，灯影幢幢，几乎布满了河面。灯虽多，但在黑黢黢的黄河上照得并不远，只能照出灯周围那一片片起伏的水波，河水在接连不断地奔流，流进了黑暗之中。

夜色更浓了，两岸的山梁树木都隐入了黑暗之中。渐渐地，四下里弥漫出一种天地洪荒的感觉。一种说不清的神秘与震撼，从大河上升起，直逼人的灵魂深处。再看黄河时，分明觉着已不是大河在奔流，而是岁月在飞驰，天地在奔流。河灯也不是从船上而来，而是从远古而来，从冥冥之中而来。一盏又一盏河灯成了一个又一个鲜活的生命的灵光，明明灭灭地在漆黑的大河上飘荡着，跃动着，在寻觅自己的归宿。整个黄河带着自然、生命、历史、先人等无数说不清的东西，从远古流来，从人的心头上滚滚流过，人被一种肃穆而又神秘的力量所震慑和笼罩，双膝直想跪下来，为这河与灯，为这天和地。

也不知过了多久，河灯全部放完，船上的火把也已熄灭。旷野俱寂，长河有声，人们怔怔地望着漆黑的河面若有所思。突然，河中大船上响起了唢呐声，唢呐声掠着水面传过来，凄厉婉转，如泣如诉，使人木已空落落的一颗心复被这唢呐声揪起，重新跌落到滔滔黄河之中，追随河灯而去……

外地来看河灯的人，一开始都抱着一种红火热闹的心情而去，待看过之后，就各有各的感受，各有各的想法了。

1992 年

河柴和鱼

　　家门前的黄河，日夜奔流，仿佛亘古未变。但仔细想一想，黄河其实每天都在改变，还不是"人不能两次踏入同一条河流"所说的那种改变，而是一种十分深刻的变化。有些曾经在河中流淌了上万年的东西，居然几十年间就湮灭在了浪花之中，比如河柴和鱼。

　　黄河鲤鱼古已有名，《诗经·陈风》中就有"岂其食鱼，必河之鲤"的诗句，意思是说："难道吃鱼就非要吃黄河鲤鱼才行吗？"可见早在三千多年前，人们就把吃黄河鲤鱼作为一种奢华的生活方式来追求。到后来，又有"鲤鱼跃龙门"之说。唐朝章孝标有诗专赞黄河鲤鱼："眼似真珠鳞似金，时时动浪出还沈。河中得上龙门去，不叹江湖岁月深。"明末清初史学家谈迁所著《枣林杂俎》称："黄河之鲤，肥美甲天下。"

　　黄河鲤鱼中的极品，是天桥峡所产的石花鲤鱼。天桥峡位于保德县城上游二十里处，两岸绝壁，落差大、水流急，是黄河上一个险处。峡内石窟石缝众多，生长着一种石花草，是鲤鱼觅食的好地方。石花鲤鱼只限于天桥峡一带生存，数量很少。其特点是赤眼，金鳞，身着十片大甲，脊梁上有一条红线。

1697 年 2 月，康熙帝亲征噶尔丹时路经保德县，地方官唐文德献上石花鲤鱼。皇帝享用后大加赞赏，在给心腹太监十七封信的第三封中写道："二十八日，到保德州，黄河边上，朕乘小船打鱼，河内全是石花鱼，其味鲜美，书不能尽。"

皇帝喜欢上石花鲤鱼，命令保德县以后每年向皇室进贡。从此，石花鲤鱼"本资民用反为殃"，反而成了保德的一个祸害，地方上常年派十二条官船为皇帝捕捞石花鲤鱼。按例，每年进贡皇帝的鱼为一百四十条，但各级官员层层加码，到头来保德每年要上贡四千条石花鲤鱼。当地每年组织人员，将春夏秋三季捕到的石花鲤鱼全部养起来，到冬天，把鱼吊起，一层一层淋上水，冻成冰鱼，然后起程上贡。直到辛亥革命后，保德进贡石花鲤鱼的苦难历史才告结束。

据《保德县志》主编陈秉荣先生讲，他最后一次看见石花鲤鱼是在上世纪七十年代初。而今莫说石花鲤鱼，就连过去满河乱游的普通鲤鱼也难得一见。在上世纪中叶以前，夏季里一场洪水过后，黄河滩上的大小水坑中，有三分之一是水，三分之一是泥沙浆，还有三分之一就是被大水冲昏了头的鲤鱼。人们随便拎一只脸盆就能从水坑中舀起鱼来。黄河里看见门扇大的鲤鱼也是常事。虽然保德县城紧傍着黄河，但当时人们还没有吃鱼的习惯，也不钓鱼捕鱼，只有在捞河柴时碰到鱼，才把鱼和河柴扔到一起。

而今，小县城的人也优雅起来，每天清晨和傍晚，黄河边

上总有一长溜人在垂钓。清风习习，河水悠悠，清晨朝霞灿烂，傍晚夕阳注下满河金辉，倒是蛮浪漫，只可惜河里几乎无鱼。费好大工夫钓上来的，都是只有拇指大小被称为"沙锥子"的小鱼。偶尔有高手钓到一条半斤以上的鱼，就要成为一种美谈了。

现在黄河里大一点的鱼是鲶鱼，这一带俗称绵鱼，但也数量极少。倘若划一只小船，拖上网，在河上来来回回转悠三两天，运气好的话，可以捕到一两条鲶鱼，每斤甚至可卖到一百元左右。

黄河里鱼的数量锐减始于上世纪八九十年代，非为人们打捞而尽，而是被各种污染所绝。

怀念所失去的，是人的一大特点。常有老年人伫立河岸，望着变清的黄河慨叹，有鱼的时候，不知道吃鱼，现在知道吃鱼了，鱼却没有了。

上世纪七十年代以前，家乡这一段黄河上的鱼不被人重视，人们对鱼远没有对河柴的热情高。晋陕峡谷两岸皆是石头，山上少有树木，无柴可打，河柴是最好的燃料。每年夏季，黄河沿岸的村子里，家家都要和河柴打交道。家有青壮劳力的，就在涨水时捞；没有的，就等水退后到河滩上去捡。

夏天，黄河上游深山老林里来的洪水，会把大量枯枝树干带入黄河。每逢黄河涨水，被人们称为"河沫"的东西——上一场洪水退去时留在河滩上的腐枝败叶就重新漂起，排在水头上被推下来。河边的人无须看水势，只要看到河沫多起来了，就知道又开始涨水了。

黄河涨水，水头上是一层厚厚的河沫，像是很有气势的先头部队。但熟悉黄河的人都知道，那只是一种虚张声势，里面有用的东西并不多。随着水势不断涨高，河面达到好几百米宽，河中心大浪排空，一排排浪头就像是一座座黄土山头，堆起，坍塌，再堆起，再坍塌，相互撞击，发出巨大而沉闷的声音。河面上激起一团团黄色水雾，河岸上弥散着浓浓的泥土腥味，这时候，河柴就下来了。连绵不断的河柴在浪峰顶上飞一般掠过，犹如一队队在炮火硝烟中冲锋的部队。间忽，会有一两棵大树呼啸着从河中心冲下去，仿佛是统领众多河柴的将军。

在大批河柴呼啸着飞向下游的同时，也有一部分散乱者渐渐掉了队，漂到靠岸的洄水湾里，人们便忙着去打捞。

捞河柴的场面惊心动魄，蔚为壮观。前方河中心浊浪连山，涛声如雷，脚下洄水湾里，河柴密密麻麻，随水转着圈子。捞河柴的汉子只穿一条裤衩，有的甚至全身赤条条，手拿铁叉或铁耙，或下到齐腰深的水中，或站在一块大石头上，把一堆堆的河柴摔上岸或者推上岸；岸上，女人和孩子忙着接应，把河柴转移到高处，防止再次涨水而前功尽弃。有时河柴中会夹杂着一两条被水冲昏了头的鱼，人们也不会对它手下留情，只是像扔河柴一样把它扔上岸。谁也不会因为拣鱼而耽误了捞河柴。因为鱼只能是一时的口福，而河柴是一年的燃料呢！

夏天过后，各家院里院外就码起了高高的河柴垛，一直能烧到第二年再捞河柴的时候。

河柴中，有的能在黑夜里发出幽幽的蓝光，我们称之为"夜明柴"。据说那是深山老林中存留多年的树枝腐质，每每使得小孩子们在夜晚拿在手中左看右看，奇怪得不知该怎样才好。

河柴中还会夹杂一些其他东西，如木瓜、酸枣以及瓜菜等，

最多的是像珊瑚珠一般的木兰兰果，果实坚厚，虽在惊涛骇浪中滚过，但大都能完好无损。从河柴中拣出，擦一下，深红光亮，放入口中，酸中带甜，真是一道美味。

洄水湾里，有时能转回一棵树，于是众人合力把它拖上岸；有时是一头猪，一只羊，或者是一头狼，反正不管是家禽家畜还是山狍野鹿，只要捞起来，看到的人都有份，人们称之为"河利"。不愿看见的东西有时也会出现，有时会随水转回来一具死尸，赤条条的。尽管有些不愿看见，但看见了，就不能不管。虽然不是救命，不能胜造七级浮屠，但让死者尸身免受水冲浪打之苦，也是积德之事。捞河柴的人也不惊怪，像拖一截树桩一样，把尸体拖上岸，盖一些河柴河沫，等待上游尸主家一路哭哭啼啼下来认领。认领时，尸主家大都会给一点酬谢。倘若长时间无人来认领，凡打捞时在场的人就得像分河利那样，一道再来埋死人，这大概该叫做"河害"了。

早年间，黄河上的死者多为船工或是山里种地放羊的受苦人，而今这种情况基本没有了，偶尔有河水冲下人来，绝大多数是投河自杀者。

黄河里的河柴，从上世纪七十年代开始，一年一年减少，而今是彻底没有了。不要说河柴，就是连河沫也难得一见。没有河柴和鱼的黄河好单调，少了色彩，少了浪漫。

黄河依旧在流，飞逝的浪花淘洗着风物，淘洗着岁月。

2003 年

九十九个艄公把船扳

黄河连通万里，自古便是一条黄金水道。上世纪六十年代以前，沿河十里八里便有一个渡口，三五十里便有一大集镇，河上船只往来，好似现在公路上汽车奔忙。在火车、汽车到来之前，大宗货物水路运输最佳，故有河流之处，必有船只。晋陕峡谷内虽然水急浪高，险滩大碛连连，但依然挡不住一支又一支船队往来。清朝中叶，单天桥峡上下的渡口就有三十余处。沿黄河大小村镇里，一代又一代的船工撑船扯纤，在浪涛里讨生活。

《保德县志》记载，到1963年，全县还有四十七条大船，每船按七名船工计，全县船工还有三百多人。正如那一首民歌里唱的："九十九道湾里九十九只船，九十九个艄公把那船来扳。"

保德县城紧傍着黄河，有时候黄河上涨，大水甚至能漫上街道来。航运繁盛时期，傍晚以县城为中心，上下十里河面上

14

泊满大大小小的货船，桅杆林立，热闹非凡。上游来船卸下粮食、甘草、盐碱等货物，然后再装上大炭、瓷器等，扬帆起航，向下游进发。

黄河上流船，天桥峡是一处分界点。天桥峡上游的河水冬季结冰，船在清明节过后才能下水，小雪时节开始上岸；天桥峡下游河不封冻，船全年都可以流，只在清明和小雪两次流凌时停几天，叫做"避水"。

夏天流船怕洪峰，洪峰太大时，能把船颠翻，该躲的时候还是要躲一躲，靠岸让一让；冬天怕冰凌，船拴在岸边或者在河中搁浅，大块冰凌漂下来，能把船撞烂。一旦看见冰凌漂过来，船工们就赶紧操起几根船杆，待冰凌靠近时，大喝一声，将带有锋利铁尖的船杆同时戳向冰凌，然后手扳船沿，肩抵船杆，把冰凌推开。冰凌一般都能推开；一旦推不开，船就会受损。

有一年腊月，保德县一条大船装了九千斤铁要送往佳县，行到后川时搁了浅。一般来讲，船搁浅后，静待半天，或者等河水涨起来，或者等水流将船底下的泥沙淘走，船就可以重新启航了。但这一次未等船浮起来，忽然看见上游漂下来一块几间房子般大的冰，那是护岸冰，原来冻在河岸上，断裂后被水冲下来了。一船人大惊失色，假若这块冰撞上来，船万不能保。但是船走不了，人也离不开。众人连忙把船上的坐板、大棹、腰棹等所有能用的木板全部插到船尾水中，试图抵挡来冰的冲击。就在大家万分紧张，瞪大眼等着冰块撞上来的时候，冰块先挤起了一波大水浪涌过来，一下把船浮了起来。众人赶紧扳棹撑杆，把船行入水流，尽全力下划一段，然后找地方靠边，让过那一块大冰，才松了一口气。

早年间黄河两岸有很多龙王庙，每遇大碛险滩，船工们都要上岸去祭拜一番。农历七月初二是河神节，要放炮、祭牲、摆供。老船工们说，这些仪式都是古人留下的，一代一代传下来，有时候还真灵验。他们给我讲了两个故事：

黑峪口有一船工叫树树，是个大孝子，每次离家跑河路回来，都要给老娘买些好吃的。一次船过五米碛，碰到礁石上，眼看就要散架了，树树跪在船板上哭诉："我死不要紧，可怜老娘再无人奉养！"耳边隐约听得一个声音说，你跳啊！树树就闭了眼睛跳下去。就在那一刹那，船散了，船上的大棹漂到了树树跟前。树树抱着大棹在河里漂了三四里，不知不觉就靠了岸。树树知道这是河神在保佑他，赶紧从河里爬出来，转身跪下，对着大河乱磕头，连说知道河神爷的恩典了。自此，树树对老娘越发孝敬。

保德县历史上有名的老艄工很多，张有福是其中之一。有福老艄名气大，不单是掌舵好，更因其胆大命大。有福老艄驾船出事不少，最凶险一回，九死一生。那一年七月，张有福装货到林遮峪，未及卸货，突然大水袭来，船脱了绳，众人大喊让有福老艄下船，但他不下，说船是他的，货也是他揽的。结果众人拉不住，一松手，把有福老艄和船放到了大河里。水急浪高，船没走多远就翻了。

有福老艄死死抱住舵，随水往下漂。漂过佳县时，他还清醒着，对白云观许愿，若能活着回来，要上观烧香磕头。漂到碛口，有福老艄旋入洄流，被人捞起，已昏迷，人们费好大劲才把他抱舵的手分开。有认识的人说，这是张老艄啊！赶紧救

护回家里。

保德到碛口水路四百八十里，旋涡礁石数不清，放一块木板进去，到碛口也会遍身窟窿。船工们说，如果不是神仙保佑，有福老艄再多几条命也没有了。昏迷了一天一夜，有福老艄才醒过来。步行七天回到家，家里却以为他已遇难，再也回不来了，正在架设灵堂，哭哭啼啼办丧事。

黄河门前过，河上故事多。保德船工最后一次远航，是在1966年农历八月，"文化大革命"刚开始。不知为何，保德瓷厂烧制的瓷水管要送往吉县。河运社七条大船同行，每条船上七个人，装载的瓷水管有一万五千斤左右。七条船拉开距离，顺流而下，花园村吕招财老艄打头驾第一船。老吕是个大个子，鼻梁高挺，船工们给他送了一个绰号"外国人"。他是通河老艄，驾船能从包头直达禹门口，一路上所有险滩大碛都能对付，不用请当地老艄。

船工们说，流船比开汽车凶险，汽车有刹车，能刹住，船在河里没法刹。七条船之所以要拉开距离航行，是因为船也会追尾。有时候一队船相互跟着往下流，前面一条突然搁浅，后面的躲不及，就撞上了，和汽车追尾一模一样。搁浅最怕在傍晚，如果天黑还靠不了岸，一旦夜里涨水，船漂起来，黑灯瞎火很危险。

农历四月和八月是流船的最好季节，河上有歌谣："四八月的河路，九十月的羊肉。""东宫西宫，比不上四八月的艄公，白天腾云驾雾，晚上水阁凉亭。"农历八月，立秋已过，不再有大洪峰，水大浪展好行船。此次远航，时节正好。

第一天从保德县到黑峪口。这一段水路十里九碛，"河难流，路难走"。虽然碛多，但保德老艄每天走这一段，看河里每一块石头都像是熟人，一百五十里水路流得平平稳稳。晚上住黑峪口，是兴县的一个镇子，也是一个大码头，货物集散地。早年间繁华热闹，南来北往的人很多，还住过修碉堡炮楼的军警。外河滩曾有二里宽，全是枣树，后来全被黄河淘走了。

第二天启程，先跌五米碛①，也叫软米碛，是蔚汾河汇入黄河形成的大碛。这一个"要命"的地方，每年都有船只失事，保德有好几名船工在此处被河"吃"了。

1949年，正值解放军解放大西北，禹门口上需要大船渡汽车，保德县给做了两条。船长五丈（约17米），肚子宽两丈（约7米），五道隔墙，比平时黄河上的船要大得多。县里派吕招财和另一位姓郭的老艄去送船，郭老艄时年六十岁。过五米碛时，两船人合于一处，先放下去吕老艄的船，再转上来放郭老艄的。船过碛时，郭老艄去压尾棹，用力过猛，尾棹反弹，一下将郭老艄挑到了河里。郭老艄水性好，平时踩水能浮到齐腰，但这一回被吸入水流淘空的石檐内，再没有出来。郭家几辈子流船，郭老艄的爷爷也是在五米碛出的事。

早年间在跌五米碛前，艄工们要先上西岸河神庙里烧香磕头。1966年的大环境下当然不敢烧香了，只是先靠岸，两条船上的人合在一条船上，共同跌碛。五米碛入漕后，黄河主流被蔚汾河推出来的石头泥沙所逼，一股脑往西滚，西边全是石崖，船在急流中，全凭众人用腰棹往外扳。一旦扳不出来，撞

———————————————

① 跌碛，见《跌碛》。

到石崖上面，船就烂了。冲过五米碛，到黄黑峁停住，拴好船，众人再跑上来放第二只船，有七八里地远。虽然五米碛凶险，但七条大船毫发无损，顺利过关。全天流了一百六十里左右，晚上住山西省内的克虎寨。

八月的天气不凉不热，人无须上岸，就在船上吃住，带着小米、红面、黄面，还有一点点白面，却舍不得吃。有时船工们在一起吃大锅饭，有时各做各的，河路汉①都会做饭。炉子是用瓷瓮子泥成的，有风箱。柴炭是从河滩上捡来的。每逢下大雨，神木河里就能推出炭来，全在水面上浮着。水退下去，河滩上总有落下的炭块。有一年推出一块上万斤的大炭，在佳县大会坪落下，全村人出来将其打烂分回家。有时到河滩的井上打水吃，多数时候就吃黄河水。船上有水瓮，打满水后，撒上豆面或者碎杏仁，搅一下，澄清得快一些，但多数时候还是浑浊的。有时河水太浑浊不能吃，就到沙滩上挖一个坑，渗出来的水清亮一些。

黄河上流船，水和柴炭都不缺，缺的是粮食。有时候运粮，虽然守着满船粮食，船上也有炉灶，但就是不敢吃一颗。一次一艘船运山药，几颗很小的山药蛋掉入水仓中，一个船工就把它们烧着吃了。回来后领导知道了，就训斥说："你吃的那几颗山药，如果种到地里，能长出几窝？你说你造成了多大的损失？"

那时候黄河里鱼多，但河路汉平时不打鱼，只有洪水来了，鱼被呛得浮上水面，人们才在木棒上钉上钉子，打鱼捞鱼。吃

① 河路汉，见 P33。

鱼也有禁忌，做鱼的腥汤不能倒入河中，怕引来大鱼捣乱。

第三天从克虎寨起身，先跌佳芦碛，就是佳县白云观下面的碛，由佳芦河推出的泥沙石头堆积而成。佳芦碛东面是罗汉辿，有一大石拐，撞上去船就散。西边是窝，比打谷场还大许多。过窝危险，有时候会被吸住出不来，最后船被“吃”了。七条船分开一条一条下，前面六条都顺利，最后一条却不知怎的就被吸住了。转了一圈又一圈，扳不出来。浪头从船头一个劲地往船里跳，船上装满瓷水管，不好往外舀水。时间一长，船里积水过多就危险了。一旦沉船，人也会被吸住，根本出不来。老艄张候红说，有异样，赶紧给“老人家”倒些米吧！船工康文生慌忙提起米袋子，“呼隆”一下，把袋子里十多斤米一下全倒入了河里。米入河，众人一发力，船扳出来了。船工们说，当时有两种可能，一是河上有神怪，进贡了米，神怪放行了；二是传说窝里有大鱼，撒起闲劲儿来也了不得，倒米下去，鱼忙着吃米去了。这一天只滚战了三十多里水路，船工们晚上住陕西佳县木头峪。

第四天出发，东岸有谢岭庄，仅两户人家。船过谢岭庄，要在东岸的石棱上靠一下，才能流顺畅。当晚船工们住碛口。

船工们在碛口住了两天，为的是找齐当地艄公。从保德出发的七条船上，只有吕招财老艄能掌舵闯过大同碛，其余六个艄公毫无把握，不敢莽撞。大家在此停了两天才找齐六名当地老艄。

大同碛由湫水河推出来的石头泥沙堆积而成，东边河道里乱石林立，暗礁七高八低；西边河道落差很大，又紧贴着石壁。船跌碛时，射箭一般往下冲，不熟悉河道根本不行。当地老艄

常年在这架碛上滚战，碛几乎就是他们的一只饭碗。有当地老艄掌舵，险处不险，单班人马就把船跌了下去，晚上住陕西绥德枣林坪镇。

第七天从枣林坪出发，依然是碛口老艄掌舵。这一段也是十里九碛，保德船工走得少，不熟悉河道。每次跌碛之前，碛口老艄都要带船工上岸，瞭望一回，叮嘱一番注意事项。当天到吉县一个码头上，卸了瓷管，空船下行，碛口老艄掌舵，当晚住史家滩。

第八天到壶口。下壶口有专门的流船漕子，如果漕子流不成，就在干河滩上垫上滚子拉船。这一回漕子能流，结果七条空船跌漕跌到一个潭里，出不去。一个碛口老艄脱光衣服，到河里搬开石头，船才出去，后来给他多算了一些工钱。

第九天到了禹门口，常年有河南人守在这里等着买船。船流到禹门口就不值钱了，卖出的价格大约是在保德县买入时的一半。河南人买了船，装上炭，顺流回河南去了。

卖了船，船工们走路、坐车，经侯马、太原回到保德县。此后不久，造反派就开始骚动了，四下里兵荒马乱，保德船队从此再未到过碛口以下。

二十世纪七十年代以后，黄河沿岸陆续修通了公路，河上架起了桥梁，建起了水电站，船只渐渐少下来了。黄河的水，也已不及当年一半多，纵然有大船，也水浅难行了。两岸往来有桥梁通行，早年间的渡口十之八九已被废弃，沿河古镇也一个个衰落得不成样子了，人口还不及当年多。只有河里那些险滩大碛还在，几十年无人探看，寂寞无聊地晒在太阳底下，名字也慢慢湮灭了。

黄河航运的浪花缓缓散去，九十九个艄公扳着大船，渐行渐远，没入了历史深处。

2006 年

瞭 河

"流船容易分水难"，这是黄河老艄们传下的一句谚语。所谓分水，就是在行船时分辨水势，看清哪是主流，哪是浅滩，哪是暗礁密布的碛，跌碛时又该从哪一个浪头上滚过去。

上世纪六十年代以前，黄河全然不是现在这个纤弱样子，黄河还是李白笔下"咆哮万里触龙门"的黄河，还是冼星海、光未然笔下日夜怒吼着的黄河。

那时，黄河上的船只好似现在公路上的汽车，成群结队，但是船夫远比司机多。流船比开汽车凶险，汽车可以随时在公路上停住，可船一旦流开，在激流翻滚的大河中绝不可能随时停住。七百公里的晋陕大峡谷，满河大船，满河黄金，满河杀气。峡谷内单是让船工们日夜记挂的大碛就有七十来处，小的激流险滩更是不计其数，稍有不慎，转眼之间就船破人亡。老艄们说，黄河上行船，船令比军令还硬，过碛一霎时就不知谁在谁不在了。

河道时刻随水流变化而变化，分辨水情找准航道，是黄河老艄的头等大事。遇到前方水情复杂时，大家都不敢大意，要先靠岸，拴好船，老艄带着众船工，登高瞭河。

浩浩黄河波宽浪急，水面窄处有三四百米，宽处可达一千米左右。老艄们按照行船特点，把一河水分为行水、野水、偷水等。行水就是主流，水深流急，船坐行水上，走得既快又稳。看行水，一般老艄靠眼力，好老艄从船的尾棹上也能感觉出来。老艄们说，行水上的浪看上去大，但浪是展的，好行船。野水在主流以外，散漫无际，船坐其上，既行不快，尾棹也不稳，甚至还会搁浅。野水上有时还起一种卷花浪，又叫狗子咬浪，看上去浪头不大，但往船里扑水，能一口一口把船"吃"掉。偷水最可怕，有入口，无出口，能把船"偷走"。偷水看上去浩浩荡荡，但走着走着，水流突然从一片乱石林里穿过去了，可船过不去，不小心还会撞到石头上。

瞭河最好的地方是在山上，居高临下，但见大河蜿蜒而来，再滚滚而去，几百米宽的河面尽收眼底。哪是行水，哪是野水，哪是偷水，哪里有礁石，全都一目了然。所以人们说，站在山上瞭河，个个都能当老艄。待下到河边再瞭河，离岸较远的地方就看不太分明了，但一般船工也还能分出水势，知道船该从哪里流。可是，一旦上了船，开到河中心，就没有几个人能看明白了。"不识庐山真面目，只缘身在此山中。"眼前黄水茫茫，船在漂，浪在涌，远近水面都在滚滚向前，甚至感觉远处的山梁也在漂移，全都错乱无序，看得人眼花缭乱，不知所从。那情形好似面对着诸葛亮的八卦阵，远看简单，条理清楚，可入阵以后，但见一片混沌，连东西南北也分不清了。

祖莹的黄河

分水困难，有的老艄就"背河"。把各段河道的特点及通过注意事项编成顺口溜背下来，用以指导实践。比如找行水，要"春撵楞，秋撵泾，刮风下雨撵洪泾"；过龙壕，要记住"东龙牙招船，西龙牙平和，当河蛤蟆要驮一驮"等。但背口诀容易，用起来却难。长江三峡上有歌谣："滟滪大如龟，瞿塘不可窥；滟滪大如牛，瞿塘不可游；滟滪大如马，瞿塘不可下。"这几句口诀看一眼就能背会，但要在波涛汹涌的瞿塘峡内，远远就分辨出激流中那块礁石是如龟如牛还是如马，实在是纸上谈兵。

上世纪四五十年代，保德县有船工数百人，但通河老艄只有三名：天桥村的梁三、花园村的吕招财和马家滩的马仲驹。这三名老艄熟悉河路如同熟悉自家门前的小路，都能独自掌舵把船从宁夏流到河南，沿途所有的险滩大碛他们都能对付得了，不需要请当地老艄帮忙，所以人称"通河老艄"。

吕招财大个子，高鼻梁，得了一个外号叫"外国人"。人们当面称其为吕老艄，背地里则叫"外国人"，本名几乎被人忘记。吕老艄从十几岁开始，几乎是看了一辈子河，总结出许多条条道道。他说，同样的河道，同样的水流，顺光看，逆光看，天阴看，天晴看，前晌后晌，不同时间，不同天气，看的结果都不一样。

二十世纪五十年代末，有一次吕老艄带花园村的四条船往佳县卖炭。下到黑峪口，有三十多条船拴在岸上，一群老艄蹲在山上瞭河。见吕老艄来了，众人大喜，纷纷围过来，说河上没路了，让他赶紧看看。吕老艄说，河路河路，有河就有路，没大路，小路总还是有的。吕老艄瞭过河以后，指挥一些船工到下游不远处雇好渡船，做好打捞救援准备。然后，他驾船起航。其他三十多条船上的老艄和船工近二百人，站在高处，瞪大两眼观望。

吕老艄驾船到了众人认为没路的地方，掌稳尾棹，照着河中一块房子般大的石头就冲了过去。快碰到石头的时候，船一下横了过来。岸上的人大惊失色，就在人们要张嘴呼喊的一刹那，吕老艄大喝一声："东棹埋！"同时将尾棹用力一推，船一个转身，头朝上，尾朝下，擦着大石射了下去，岸上的人一阵惊呼，松了一口气。

随后，几个胆大的老艄学着吕老艄的样子，把船放了下去。更多胆小的，就央求吕老艄来放。吕老艄替人把船放下去，再沿岸走上来。几趟以后，他说实在跑不动了，众人就用帆布和船杆绑了一个简易担架，他把船放下去，众人再嘻嘻哈哈簇拥着用担架把他抬上来，再放一条，直至三十多条船全部通过黑峪口。

禹门口以下，河太宽，看水更难。常有一些船拴在岸边，等着某位有名气的老艄来了以后，跟着他走。但跟也只能跟一段，走着走着，好老艄的船就走得没影踪了。

到二十世纪七十年代，黄河上水量减少，水电站阻断航路，航运衰落，船工们也上岸干了别的营生，河上从此再无老艄。

2006 年

跌碛

　　晋陕峡谷内流船，最危险的是过碛，保德老艄称之为跌碛。

　　碛（qì），一个生僻字，《现代汉语词典》轻描淡写地解释为"沙石积成的浅滩"。但黄河上的碛绝不是用"浅滩"就能描述得了的，它远没有这般轻巧。

　　黄河深沉舒缓地流过河套地区，积蓄起洪荒之力，从黄土高原顶端开始，呼啸南下，势如破竹般劈出了七百多公里长的晋陕大峡谷。高原上众多河流在汇入黄河之时，献礼一般，携来大量石头与泥沙，在水底堆起一个扇形大斜坡，这就是碛。老艄们又把碛叫做碛架，一道碛叫一架碛，十分形象准确。

　　黄河流经碛架时，主流被挤偏，河道变窄，落差增大，河底乱石林立，河上巨浪翻滚。过碛，就是驾着大船，临乱石，压巨浪，从河道里一冲而下。老艄们把过碛叫做跌碛，很传神。跌碛一旦有误，结果就是船跌烂，人跌入激流汹涌的黄河中。

　　晋陕峡谷内有多少碛，看看地图上有多少支流汇入黄河就知道了。提起碛，老艄们如数家珍，从晋陕峡谷入口的喇嘛湾开始，一路向下，有名的大碛有老牛湾的老牛碛、龙口的砂石碛、天桥峡的天桥碛（又叫雾迷浪）、林遮峪的灰条碛、冯家川的肖木碛，再往下有五米碛（又叫软米碛）、小黑叶碛、黄黑峁碛、黑峪口碛、佳芦碛、大同碛（碛口）等。

上世纪六十年代以前，黄河上虽然船多，但都没有机械动力，船行河上，全靠人来扳动。正如民歌里唱的："九十九只船上九十九根杆，九十九个艄公把那船来扳。"一条船上一名老艄、六名船工，下水可装载两万到三万斤货物。

不知为何，人们把黄河船上的舵和桨都叫做棹（保德人读作"zòu"）。尾舵叫尾棹，其长度和船的长度不相上下；船腰上的两把桨叫腰棹，硕大无比，得两三个人才能扳动，所以船工们称其为两扇腰棹。船工自夸：下行有三扇大刀（三扇大棹）保驾，上行有天罗地网（船帆）护航。

有碛的地方，航道一般都狭窄曲折，船行其间，得像蛇行草丛一般灵活，否则不是碰在碛架的石头上，就是撞到对面的绝壁上。单靠老艄操纵尾棹，很难将船控制住，非得船工用腰棹来帮忙。

碛口一带的老艄把两扇腰棹分为上下棹，保德老艄则分为东西棹。过大碛时，先要拴了船，老艄带船工上岸瞭一回河，犹如战前侦察敌情。老艄给船工指点哪儿是航道，哪儿是暗礁，哪里需要发力。返上船后，老艄要再次提醒船工，谁扳的是东棹，谁扳的是西棹，怕在紧急时刻，老艄叫棹，船工忙中出错，把棹用反了。

船过大碛时，老艄连饭也吃不下。黄河上有歌谣："转眼

富贵交清，船令大于军令。"不管遇到何等紧急情况，没有老艄发令，船工绝不能擅自动棹。军队打了败仗还可以突围转移，另找活路，而驾船跌碛则是"砂锅捣蒜——一锤子的买卖"，一旦失手便无可挽回。

　　过碛时，河上激流汹涌，连串起伏的黄色大浪如万千座黄土山头列队而下，激起阵阵黄色水雾，闷雷般的涛声响彻峡谷，空气中弥散着湿漉漉的黄土腥味。一船人如临大敌，老艄两眼死死盯住前方，船工把两扇腰棹架离水面，竖起耳朵，单等着老艄的口令。船在巨浪中起伏，猛然间，老艄大喝一声："东棹扳！"东棹船工就飞快放棹下水，死命地扳。有时老艄会喊："西三棹！"西棹船工就赶紧扳上三棹，再把棹架起来。有时为让船急转弯，老艄还会喊"东棹埋一棹"或者是"西棹埋半棹"，埋棹就是把棹插入河中反扳，硬逼着船调头。越是好老艄，口令越精确。扳腰棹的船工和掌尾棹的老艄需配合得严丝合缝，稍有差池，船就有可能失事。有的地段，激流冲撞着峡谷的绝壁翻卷而下，同时能将船也带上石壁，这时就全凭船工们扳动腰棹来挣脱激流，老艄长时间不下达"流"的口令，船工就要一直死命地扳，那情形抵得上奥运会赛艇运动员冲刺发力。

　　如果掌控尾舵的是通河老艄，这船就一路过漕跌碛，自己滚战。如果老艄胆量本事都不过硬，过一些大碛时，就得花钱来请当地老艄。当地老艄守着家门前的大碛，就像守着一只铁饭碗。上游大多数船只下来都要靠岸，请他们上船，恭敬地把尾棹交到他们手上。当地老艄使出祖传的看家本领，在惊涛骇浪中驾船跌碛，然后把船靠岸，交出尾棹，接过银钱，与船主道一声一路顺风，再沿河走上来，等待新的雇主。

当年船在碛上出事乃家常便饭，就像现在公路上的汽车追尾一样寻常。船碰烂后，人能活着出来就基本不算是事儿，过往船只以及岸上的人们看见了也习以为常。出事场面看得多，人们还编出了一些特定术语对其进行描述。

如果水急浪大，船里进水过多，船上的火炉子被淹没，水蒸气裹着烟和灰直冲上去，这时岸上的人就会大呼："打烟筒儿了！"船"打烟筒儿"，凶多吉少，如果排水不力或者还钻不出浪窝，船就会沉下去，岸上的人就又大喊："咽斗子了！""咽斗子"以后，铺盖船板等物在河面上漂开，人也会凫上来，岸上的人就等着接应。

过碛把握不好，猛不防，河里一块暗礁会像钉子一般突然冒出，一下戳破船底，把半截身子顶入船中。船被牢牢地套在石头上，动弹不得，人们把这叫做"套锅圈"。船一旦套了"锅圈"，人就只有赶紧逃生的份了，船用不了多久就会被黄河吞掉。

船在碛上失事，人能从河里凫出来就是大幸，船上的东西一股脑儿全得丢。有一年，保德县的一条炭船在佳芦碛上碰烂了，慌乱中，一名船工把身上的两个银圆含到嘴里，结果落水后，大浪盖顶，换不过气，只得又把银圆吐到河里，凫上岸后气得大哭。

黄河上有名气的老艄都是在碛上"逞"出来的，老艄要出名，需要在非常险的河段上才能"逞"出来，大家都不敢流的你敢流，你就是大老艄。

一年，黄河水小，罗艺碛上暗礁林立，十几条粮船一字排

开，不敢下。有位叫刘媚小的老艄，仔细观察后说，可以下。过碛时，他让船工随航道调整船上的粮包。左面有礁，粮包移到右面一些，抬高左船舷；右面有礁，粮移左面，船侧身流过罗艺碛。这哪是在流船，简直是在耍杂技了。

一年秋天，保德县韩家川对面的堡子迤，停泊了十二条粮船、八条炭船，还有几条货船。下游部队急着要粮要炭，但水太大，东边主航道上巨浪如山，二十多天了，谁也不敢下。有府谷县的老艄叫铁顶柱的，带众艄公到下游瞭河。众艄公都说不能下。铁顶柱把各船的吃水深度量了一遍，然后说，船能从西边的浅水上过，有的石头能压，有的石头能躲，最浅处，石头以上还能有两寸的吃水量。部队领导召集全体船工开会，问能不能下，一百多个船工和二十多个老艄，有的说不能，有的不言语，只有铁顶柱说："我流第一船。"

铁顶柱带人上船，解开缆绳，岸上一百多人瞪大眼睛看着。只见他驾着船，在西边的礁石林里左闪右躲，顺利流了下去。岸上一群人这才纷纷上船，沿着铁顶柱开出的路线把船放了下去。从此，铁顶柱好似单刀破阵的大将军一样，大名远扬，成了大老艄。

在黄河上逞能是一种冒险，成功者有，失败者更多，丢了性命的也不在少数。这也有点像在历史长河上冲浪，成功了，辉煌一把；失败了，被大浪淘走，身后只留下几朵浪花供人们传说。

2006 年

拉 纤

祖莹的黄河

　　黄河上行船,难莫过于瞭河,险莫过于跌碛,苦莫过于拉纤。

　　说到拉纤,很容易让人想起列宾的油画《伏尔加河上的纤夫》:毒热的太阳底下,一群衣衫褴褛的纤夫拖着沉重的脚步,拉着货船艰难地向前跋涉。他们当中有老人,有少年,一个个蓬头垢面,精疲力竭,脸上那种孤独与忧伤直击人的心灵。一百多年来,这幅油画以对苦难的表达而闻名世界。

　　黄河上的纤夫,远比伏尔加河上的纤夫辛苦和艰难。伏尔加河流经平原,其河流落差小,流速慢,从油画上可以看出,十一名纤夫是在沙滩上拉着大船前行,河里水流也还算平缓。但黄河就不一样了,黄河主航道在峡谷中,落差大、水流急,纤道是在黄河两岸的峭壁上凿出的狭窄石路,有些地方就算是猴子也得上心才能攀缘过去。所以人们说黄河船工"吃的人饭,走的鬼路",民歌里唱"上水船呀大麻绳拉,走一步摇三摇呀爬三爬""命苦不过河路汉,步步走的是鬼门关"。

人们将黄河上行船叫做跑河路，将船工习称为"河路汉"。早年间黄河上全是木船，没有机械船，往来行船全靠人力扳动或者拉动。船上一般七名船工，船下行时装载两万到三万斤货物，有从内蒙古、宁夏等地发起的粮油、皮毛、盐碱、甘草等，也有从保德县和府谷县发起的大块炭。装甘草的船叫草船，装炭的叫炭船，装粮的叫粮船，装其他东西的都叫货船。船上行时装载两三千斤，最多可装五千斤，以日用百货为主。中上游的船只一旦流到碛口以下，就连船带货一齐卖掉，因为大同碛上巨浪翻卷，船勉强可以跌下去，但拉不上来。如果是在碛口或碛口以上卸了货，船工们就再拉着船往上返。老艄只管流船而不管拉船，他们结伴从旱路走回，船由其余六个船工来拉，五人拉纤，一人撑杆。

拉船上行，撑杆者为第一舵手，需把船掌控好。特别是遇到激流时，一旦撑不稳，就会把排在前头的拉纤者从两三丈高的石崖上闪得跌入河中，凶多吉少。拉船的五个人中，领头的第一人叫头绳，第二人叫二拐子，依次三拐子、四拐子，最后一名叫揽后绳的。揽后绳的需经常把纤绳从一些石头后面或其他障碍物上甩过去，费力多，工钱也略多一些。四拐子也重要，在揽后绳的甩纤绳时，他需要与其配合好，将纤绳执稳。

拉船早先用麻绳，后来用铁丝，每节铁丝十丈左右，一般用一节，最多时用四节，再长就拉不成了。拉船上行时，人一会儿要在半壁悬崖上手脚并用着攀爬，一会儿又要在河里涉水前行。河路上步步用力，五里一小歇，十里一大歇。倘若无风，辛苦一天也只能上行二三十里。

夏夜，船工一般就睡在船上，如遇下雨，就睡河边的庙里或者石檐底下。冬天，留在船上看货的人最苦，一夜起来，人几乎要被冻成冰鱼。

河路汉不穿鞋，夏天甚至连裤衩也不穿。有时是因为入水深，穿不成衣服，出水后又穿不及，就赤条条地走。有时是为了节约，穿着裤衩在水中拉船，遇到水流湍急时，一阵子水流就把裤衩给涮烂了，所以船工也舍不得穿。常年赤身裸体出入于黄河之中，船工们一个个皮肤黝黑，体格健壮，犹如古罗马斗士的青铜雕像。

赤条条拉船，有时还得从紧贴河边的一些村子里走过，遇到女人很尴尬。特别是遇到大闺女、小媳妇，人家害羞不说，船工也脸红。知情者会说，河路汉，没办法，眼一闭就过去了。不知情者以为河路汉不正经，还要开口骂上几句。

拉船上行最艰难的是上碛，往往需要几条船上的人合于一处，一条一条转着往上拉。有时候船拉到紧要处，水急，人和水就拔河般僵在那里，船上不来，也下不去。林遮峪村前有一解孩儿碛，传说曾有一船上行到此拉不上来，又放不下去，进退两难之际，走过来一个背着小孩儿的妇女，见状，就把背孩子的包巾解开把孩子放下，过来帮着拉了一把，船就上来了，故得名解孩儿碛。

拉船最艰苦的是春季流凌刚过，河滩上有些地方是水坑，有些地方是大片冰凌。河曲县娘娘滩一带，岸边刷下的冰凌更是堆叠如山。船工穿不成鞋，只能赤脚踩着冰块走。俗话说春拔骨头秋拔肉，那一股寒气从脚底心直窜到脑门顶上。

晋陕峡谷内多数地方无路，纤道忽而在水中，忽而在河滩，忽而又在高高的石壁之上。年长日久，麻绳在石壁上磨出一道

道圆圆的绳沟，人在石壁上踩出一个个光溜溜的脚窝。还有一些地段，两岸干脆是齐刷刷几十丈高的绝壁，人无立足之处，船也无法再拉。到此处，船工们让船紧靠石壁，有的用杆子顶住石壁往上撑，有的用鹰嘴钩勾住石壁向上拉，还有人干脆用手扳着石壁使劲。船在水中十分艰难地一尺一尺往上移，船工们把这叫做"拔断水"。

河曲县龙口河段有一段倒栽石檐，船也无法靠近石壁，既拉不成，也拔不成，只能让人下水，带一细绳游到上游岸上，那里有一木桩，先用细绳把一条大绳牵引上去，拴在木桩上，然后船上的人再拉着大绳往上拽，可谓真正的"拔河"。如果是船队，就能省些力气，前一船可以把后一船的大绳带上来。

黄河上拉纤，最轻松的是"耍风"。河上有风时，赶紧把帆撑起来，根据风向不断调整帆的角度，好似现在的帆船比赛。从保德县上包头，喇嘛湾以上是沙河，河道平缓，如果运气好遇上顺风，扯起帆，一天可行一百多里。虽然有时风向不定，人被搞得手忙脚乱，但比起拉纤来，仍像玩耍一般轻松。耍风有两个人就可以了，其余船工坐在船上，优哉游哉。

最快乐的事情是"吼风"。乡下打谷扬场时，没风了，老农就打起口哨，呼唤风快快到来。黄河上，口哨太显柔弱，打出来的哨声自己也难以听见，哪能唤得风来，于是船工们就放开喉咙来吼风。大家坐在船上，面向下游，孩子一般"呜呜呜……哩哩哩……咧咧咧……"，尽情吼上一气。黄河上风速不均，是成堆刮来的，船工把这叫做圪堆风。有时候一大堆风涌上来，催动着船如鱼顶水，船头激起好高的浪，一下窜上去十来丈。有时一船人紧吼慢吼，风却没了，大家就得歇了气，赶紧动棹，把船扳到岸边，然后一行人再上岸拉纤。

一次在偏关县关河口，正值中午，五条船停下休息，十几个船工上岸闲逛。突然，风来了，留在船上的人马上扯起帆，耍风而上。等岸上的人逛完回到河边时，五条船都不见了。这也是常事，大家知道船是抢风先走了。十几个人也不急，虽然得赤着脚头顶烈日沿河岸往上追赶，但也比躬身拉纤苦轻许多。

河里的船看上去大体差不多，实际上很有讲究。有些船做得好，船头如葫芦瓢般轻巧，拉起来省劲儿，遇风走得也快；有些做得不好，船头发沉，直往水里扎，既不好拉，有风也走不快。

黄河航运历史悠久，发端于秦汉，鼎盛于清朝光绪年间到民国初年。上世纪三十年代，随着铁路运输的发展，河上船只逐渐减少，到上世纪七十年代，河上水电站日渐增多，彻底阻断了航道，航船也就消失在了历史长河之中。

2006 年

河里捞起一只瓶

一天下午，我在办公室坐闷了，就到黄河边散步。在临河的凉亭里立定，看一眼西去的黄河，然后顺势再望向西边的天空。太阳正在落下，余晖照射着几抹白云，从西边天空一直舒展到我的头顶上面，与脚下西流的黄河相辉映。仰头细看，顶上的天其实并不高，县城的天空其实也很美啊，我心里这样想。

看一阵天，我再看脚下的河，这里正好有一个洄水涡。最近半个多月，秋雨绵绵，满河的水浩浩荡荡，却没有半点浑浊，而是一派碧绿，让人看得神清气爽。忽然，我发现一只白色的瓷瓶正顺着洄水，从下游向上漂来，在碧绿的水面上分外显眼。

那只瓶子一起一伏，鸭子凫水一般，顺着洄流以一种惊人的速度向上漂来，经过我的脚下，然后开始减速，慢慢向中流靠去。不一会，瓶子汇入主流，又重新向下漂了去。我两眼紧盯住这只白色瓷瓶，想看着它漂到碧波尽头，也想看看我到底能够看到多远的地方。

就在我越看越觉得这一起一伏的瓶子像是一个白色小精灵的时候，"奇迹"真的发生了，这只瓶子居然又转到了洄流里，再一次兴致勃勃地向上凫来。不知为什么，有一种无端的喜悦漫过我的心头。

看着瓶子一起一伏向上凫来，我想，倘若这次瓶子能靠岸，肯定非同寻常，我一定要下去把它捞起来。说不定，它就是为我而绕河三遭不忍离去呢。我想到了漂流瓶，想到了许多童话，想到了一些神奇的故事。瓶子从上游而来，倘若是一只漂流瓶，放它的会是什么人？一个少年？诗人？姑娘？瓶子里装了一个什么样的希望？

瓶子漂到我附近的水面时，"奇迹"居然再次发生了，它没有像前一次那样顺着洄流漂走，而是轻轻地靠到护堤上，不动了。看样子，分明是在等候我去打捞它。

我一阵激动，觉得应该赶紧下去捞起这只神奇的瓶子。我所站的凉亭离水面还有十多米高，要下到水边，得翻过一道铁栏杆，再滑下一道很陡的土坡。我也顾不得凉亭里还有一个闲人，急急翻过栏杆，顺土坡滑下来到水边，捞宝贝一般把那只游了两圈的瓶子捞了起来。

瓶子一出水，我就知道自己刚才是走火入魔了。这哪是什么漂流瓶，这分明是一只普通的乳白色酒瓶子，瓶嘴破了一块，被一团塑料纸堵着，所以瓶子才没有沉没。

我捧着瓶子端详一番，忍不住笑了起来。虽然知道这只是一个垃圾瓶，但蠢事也要做到底。我把瓶子捧到一块空地上，然后找一块石头砸去。瓶子"啪"一声碎了，里面只有一些发臭的黑泥浆，溅起来，落到我身上几点，又惹得我一阵大笑。

祖莹的黄河

如同搞了一个恶作剧，又仿佛完成了一桩使命，我轻松地返身上到亭子里，亭子里那个闲人不在了。

再次站在亭子里，看着没有了瓶子的黄河，我想，为什么刚才我神秘兮兮地断定那是一只非凡的瓶子呢？是因为瓶子游来游去不走？是因为瓶子顺着我的心思靠在了岸边？是因为瓶子漂流时那一副可爱的模样？想想，好像是，又好像都不是。或许，只是因为我心中有一只神秘的瓶在漂流。

是的，每个人心底深处，都有一只神秘的瓶在漂流。

2008 年

长河别

—— 天桥峡五十年之变迁

一

黄河上许多雄奇险峻的大峡谷一个接一个地华丽转身，变成了水电站，天桥峡为其中之一。

天桥峡起于河曲县石梯子村，止于保德县水寨岛，全长二十公里。岁月深沉，水流如刀，这道二百多米深的大峡谷，是从坚硬的石灰岩上生生切出来的。从山顶窥探峡底，头晕目眩；从峡底向上望，青天一线。

古代许多典籍对天桥峡都有记载，《水经注》这样描述：

其岩层岫衍，涧曲崖深，巨石崇竦，壁立千仞，河流激荡，涛涌波襄，雷奔电泄，震天动地。

《保德州志》还收录了不少关于天桥峡的诗文，其中一首这样写道：

百里黄河几曲湾，东西对峙万重山。

朔风吹到冰桥结，车马行人去复还。

天桥峡出口处曾有一小岛挺立河中，高约90米，直径约120米，名曰水寨岛。因其与三门峡的砥柱相似，故又称"水心砥柱"。黄河流经此处，滚滚波涛突然被小岛划成燕尾似的两叉，旋而又欢腾相拥，因此，"水心砥柱"也成为保德县八景之一。

岛上原有几亩地，还有一座建于元代的观音寺。寺前碑记显示，这个岛的权属归佳县，岛上的地租也由佳县人收取。由此又牵扯出一段传说，说当年鲁班爷从下游的佳县拉起一座小山，要去填平天桥峡的雾迷浪。黎明到此，遇一妇人出门倒尿盆，一下冲断了绳索，从此小山便丢在那里，成了一个岛。佳县人无法再把岛拉回去，就追到岛上来收租。

自古以来，天桥峡名声显赫，地图上有标注，专著里有记载，船工们则更是魂牵梦绕记挂着雾迷浪。

雾迷浪是天桥峡中的大碛，船工常传唱黄河的歌谣："上有天桥子，下有碛流子。天下黄河三把锁，天桥、壶口、胳膊窝。""碛流子"指壶口瀑布，"胳膊窝"说的是三门峡下面的一个大石窝。天桥峡之所以与壶口瀑布、三门峡相提并论，就因为有雾迷浪。

雾迷浪说是碛，其实是石灰岩河床上的一个断层，十多米高，跌宕成三级阶梯形状。黄河到此本已收束得很窄，再从这断崖上冲跌下去，大浪翻腾，激荡起满峡谷黄色水雾，古人按景取名，把这地方叫做雾迷浪。在这断崖的东半截上，有一道槽，《山西通志》记载："东岸石上有槽，阔三丈余，深浅不等，乃古人疏凿通漕地也。"我觉得"古人疏凿"这话不大可靠，没有任何特殊工具，哪一位古人能在惊涛骇浪中把断崖疏凿成一道通漕？若有，也只能是大禹了。

当地船工把断崖上的这道漕叫做跑马圪洞，它宛若一座水上滑梯，把十多米高的断崖缓成一个斜槽，是一条绝险的航道。上游来船只有入了这跑马圪洞，才能像滑滑梯一样把船安全地放下来。

雾迷浪的凶险还不单在这个断崖上，更要命的是断崖以上河道里满是礁石，最后一块大礁就盘踞在跑马圪洞靠西的主流里，老远就能看见这块礁石激起的开花大浪，老艄们把它叫做罩子泡。船下来如果躲不及，撞上罩子泡，立马散碎；但如果为躲罩子泡，过早向东偏，船则入不了跑马圪洞，而是会一头扑向跑马圪洞以东叫做大东拐的石盘上面。水大时，船飞快越过大东拐，一头栽下断崖；水小时，船就搁浅在大东拐上下不来了。

雾迷浪上激流滚滚，水雾弥漫，礁石又把航道逼成了一个S形，要想躲过礁石，准确无误地钻入跑马圪洞，船几乎就得像条鱼一般灵活。船过雾迷浪，两扇腰棹用得少，冲下跑马圪洞时，还得把腰棹顺起来。船的命运完全靠那条鱼尾巴——老艄手中的尾棹来主宰。一般老艄很难做得到，不是撞上罩子泡，

就是扑上大东拐。

《保德州志》里有诗专写雾迷浪之险：

立马天桥久俯窥，黄河断岸势巍巍。

北来贯串华彝地，南去分开秦晋隈。

怒浪花飞如喷雪，惊澜声吼似轰雷。

仙家纵有乘槎事，到此应知也用回。

外地老艄万不敢过雾迷浪，保德、河曲两县境内，能放船闯过雾迷浪的也没几个。雾迷浪上，每年都有船只失事，单是解放后，保德河运社的船就在雾迷浪上遇过两回大险。

1960年秋天，保德河运社的一条船在河曲县装上菜往回返。到阳面村时，看见天桥村的梁三在河边等着给人放船。众人说请梁三吧，但张有福说，就这一点点东西，咱们自己流吧，省得花那份钱。张有福也是大风大浪里滚战出来的老艄，身经百战，胆气不输。

船到雾迷浪，大约是上午十点多光景，躲过了罩子泡，却没来得及摆顺，一头扑上了大东拐。所幸水不是太大，船被搁浅了。有福老艄掌住尾棹，六个船工跳入河中捐船，捐一阵，歇一阵。从上午一直折腾到日落，暮色从两面山上沉沉地压下来了，船还是困在大东拐上动弹不得。几个船工又冷又饿，气得直骂祖宗。船两面都是激流，人困在中间出不去，船走不了，也拴不住。一旦黑夜涨水，船漂起来，黑灯瞎火跌下那十多米高的断崖，必是船破人亡。

眼看起船无望，再不变招，凶多吉少。一人说道："球，怎说也是人重要，丢了菜也不能送了命！"众人同声赞和，一致决定弃菜救船。众人一边埋怨有福老艄，一边骂祖宗，一股气把一船菜全部扔进了滔滔黄河里。空船浮起来，但退不回去，只得硬着头皮从斜面跌下跑马圪洞。船虽然没有翻，但那一瞬间被折得变了形，众人吓出一身冷汗。

1961年7月，保德河运社的两条船到清水河县运盐，每船装了四万斤货。水大船重，保德河运社的老艄不敢大意，在石梯子村靠岸，请来了河曲县老艄菅保大。看到水大浪急，菅保大老艄让两船人合于一处，一船一船轮着下，船上一共上了十六人。

船过雾迷浪，顺利避过罩子泡，飞入了跑马圪洞。但是船一入跑马圪洞，几乎就要被浪吃掉。转眼间，几个人头上扎的白毛巾已被大浪叼走。冲下跑马圪洞，船头就被浪顶开了一条缝，开始涌水。刚要堵漏，八个人扳的一扇腰棹又被大浪掀得离了棹眼。众人刚把腰棹重新安好，又一个大浪劈过来，尾棹断了！

一船人死命扒在两只腰棹上面，想继续稳住船。但三摇两晃，船里已是半舱水。有人慌得跪在船板上，对着大河直磕头。保德老艄和河曲老艄同时大喊，回东！两只腰棹加上半截尾棹，十六个人死命发力，终于把船扳回了东岸。人跳上岸，船拉不住，只得任其冲入大浪中。尚未碰到石壁暗礁，大浪就已把那破船一摔、一拧、一涮，转眼间船已不见，河面上漂满了船体碎片，麻袋，灶具，衣服被褥……

黄河曾经是一条黄金水道。京包铁路通车前，内蒙古、宁

夏、甘肃等地的大批粮油、皮毛、盐碱、药材等货物都是装船走水路而下，源源不断运送至山西各个渡口，再经旱路转运各地。船工把包头到喇嘛湾这一段黄河叫做沙河，把晋陕峡谷叫做石河。

当年的黄河好似现在的公路，渡船、货船上下往来，繁忙热闹得很。清朝中期，单是天桥峡上下就有三十多处渡口。船工们说："驮不尽的碛口，填不满的吴城。拿不完碛口的银子，装不完土默川的粮。"保德船工上行最远可达银川，一般到包头为多；下行最远到禹门口，一般是碛口以上。

晋陕峡谷流船难。从天桥峡至禹门口，560多公里河道，共有险滩大碛六七十处，其中不少大碛都是鬼门关。船到这些地方，都得花钱请当地老艄来掌舵。当地老艄常年守着这些险滩大碛，就像守着自家的一块地，守着一只铁饭碗。

天桥村守着天桥峡，雾迷浪就是天桥艄公的铁饭碗。天桥村自古跑河路谋生的人很多，上世纪四十年代末，还有四十多个船工和好几个著名的艄公。

过雾迷浪之所以成为天桥艄公的绝活，是因为雾迷浪就在天桥村脚下。一年四季，天桥人居高临下，看水涨水落，看石隐石现，雾迷浪的真面目早已熟烂于心。传说清朝时，天桥峡流船最厉害的老艄就是天桥村的王一扑。王一扑大名已不可考，人们除了知道他的外号叫王一扑外，还记着一句歇后语：王一扑流船——一棹不动。说的是王一扑流船，无须船工扳动腰棹，单靠自己掌住尾棹就能通过天桥峡。过天桥峡能做到"一棹不动"，这大概就是流船的最高境界了。

村里人说，王一扑原是一个放羊汉，常年在天桥峡东边山上放羊，闲来无事就看河，看船。看得多了，就看出了门道。一天夜里，梦中有人对他说，穷成这样子了，还不去流船？于是王一扑扔下放羊铲，壮了胆子去给人家流船。结果一流就顺，很快发了财。

我到天桥村，村里人热情带我到王家大院参观，正面的窑洞还在，接口子土窑，面子包得极好，能让人想见王一扑当年的气派。

天桥村的老艄接船，近的在河曲县石梯子村或阳面村，远一点有上老牛湾或者喇嘛湾的。船过天桥峡之后，一般就在水寨岛以下靠岸。天桥老艄把尾棹交归原主，接过银钱，说一声一路平安，然后下船，沿着那条叫做天梯的小路走上来。

二十世纪上半叶，天桥村流船最出名的是梁家。梁家三代十几名艄公，其中以梁三名气最大。

2007 年 11 月 29 日，我去采访梁三的三儿子梁喜混。其时梁喜混已八十五岁，是天桥村最后一位艄公了。因耳聋加上行动不利落，他显得有些痴呆。他坐在炕上，木然地看着他儿子梁党明和我说话。

我朝梁喜混笑一笑，然后大声说道："我知道你的，流船流得好！"

梁喜混这下听清了，眼睛一亮，往我跟前挪一挪，高声说道："流船？可多流过，最多一天流过八回雾迷浪。俺老子比俺流得好，见河就能流。"

梁喜混风烛残年，许多事情忘记了，但黄河上流船的那些经历，却好似礁石一般，深深盘踞在他记忆的长河中，碰一碰，马上就激起一串串浪花。

梁喜混的父亲梁三大名叫梁德信,但知道这个名字的人少,沿河上下,都叫他梁三或者梁老艄。在晋陕峡谷,梁三几乎和雾迷浪齐名,一提梁三,无人不晓。

上了年纪的船工们说,梁三瘦大个,快乐风趣,扎一条白毛巾,有时还要用胭脂染成粉红色,逗得人直乐。流船时,他把尾棹夹在腋下,抽一锅子旱烟,不慌不忙,只是那么轻轻摆动一两下,全不像别人扳得那么急。

河上有谚语:"流船容易分水难",分水就是分辨水情水势。船工们把一河水分为行水、野水、偷水,船坐到行水上流得又稳又快,坐到野水上就得常用腰棹来扳,坐到偷水上则不是触礁就是搁浅。

梁三的船始终都能坐在行水上。早饭后船工们同时解缆,到中午,梁三能比别的艄公多流出二十里地。老牛湾以上有马鞍石,别的艄公通过都得走石外(西边),惟有梁三通过时就走石内(东边)。走石外是一个大湾,需要扳动腰棹;走石内则不需要,快而且近,只是尾棹需掌得毫厘不差。艄公们羡慕地说,过马鞍石对人家梁三就像走自家门前的路。

保德船工讲,上世纪,能流通全河(就是把船从包头流到禹门口)的老艄,保德县只有三名,梁三排第一。

梁三在黄河里滚战了一辈子,没有出过半点差池。他虽然艺高,但从不弄险。水太大时,他会耐心等待,直到认为有把握了才起船。如果接的是远来的船只,梁三还要先带领船工上岸,到雾迷浪上看一回,给船工们一一指点河中暗礁的位置,讲说各处需要注意的细节。开船前,他还要再次提醒船工,哪个是东棹,哪个是西棹,以免老艄叫棹时,船工忙中出错,把东西腰棹用反了。这一切，全然就像上战场前安排作战计划。

梁三有四个儿子，除去老四当兵以外，其余三个都是老艄，都能流船过雾迷浪。老大梁顺在胆子比梁三还大。1965年，一队船装着木板和盐从包头下来，在老牛湾靠岸，请梁三流船，梁三说货多水大，不敢接。梁三不敢接，别人更不敢接。等了两天，船家着急，商议说要不请梁顺在吧。梁顺在说可以试一试，但得双班人手，就是把两条船上的船工集中到一条船上，放下去一船，再放另一船。梁三最终同意了梁顺在的意见。

梁顺在上船，指挥众人把船上的木板全部竖在船帮上，加高了一圈船沿，以避免浪头打入。这一回船流得顺利，梁顺在的名气一下大了许多。

船过雾迷浪危险大，所以请老艄的价钱也很高。天桥村的人说，梁家父子三人同时放船过天桥峡，一天能挣回一个元宝。这话不假，在上世纪五十年代，梁三在天桥峡流一趟船能挣五十多块钱，这相当于保德河运社船工一个月的工资；而在天桥峡流一趟船大约只需半个小时。

如果流船出了事，那是要包赔的。天桥村在近代就有一名老艄出了事。这名老艄放的是盐船，船烂后，卖了自己的庄稼地给人家赔偿。

天桥村流船的历史没有延续下来，黄河上一座又一座桥梁的架设，沿黄河公路的开通，上游货物的减少，使船失去了用武之地。到天桥水电站建成，航路阻断，天桥村几百年的流船历史就此结束。梁喜混的大儿子在村里开了一个诊所，村里人说他态度热情，手艺好，有其祖父遗风；其二儿子买了一辆汽车跑出租，常年奔驰在沿黄公路上。

二

保德船工在黄河上最后一回忙碌，是修建天桥水电站。

1969年春，天桥村人听说，国家要在村脚下的黄河里打坝建电站，名字就叫天桥水电站。8月的一天，河运社接县委通知，选思想好、技术高的几名船工，驾船送一位领导上水寨岛。船工们把领导接上船，才知道他们送的是时任国家水电部部长钱正英。

对天桥峡做了详细考察后，钱正英部长提出，天桥村脚下河道狭窄，两岸绝壁，不易施工；而水寨岛一带河面较宽，施工便利，还可利用水寨岛这个天然屏障。于是坝址就改在了峡口水寨岛一线，而电站的名字，大家一致认为用原来的"天桥"就好，电站名字没有变。

接送过钱正英部长不久，保德河运社的八条船被征调到水寨岛周围，两条船绑成一组，从岸上拉出钢丝绳固定好，就做成了钻探平台。钻机日夜不停地转，船工们也日夜守在船上。钻完一处，再把船挪到另一处。夜晚，河声浩浩，繁星闪烁，钻探队技术员指着黑魆魆的水寨岛对船工们说，将来这个岛就是坝梁的一部分，天桥峡要变成一座水库，上面山上要开出一条街。船工们望一望水寨岛，望一望东面的乱石山头，半信半疑地笑一笑。

1970年4月29日，水寨岛上举行了声势浩大的开工典礼。工程特点可用一句话来概括：人多机械少。来自山西保德、河曲、偏关、岢岚、兴县和陕西省府谷、神木、榆林等八个县的八千多民工怀着好奇心，背着铺盖卷，坐船走路，浩浩荡荡来黄河上打坝。从晋陕两省选拔的五百多名干部被安排到各个管理岗位上，山西省副省长刘开基担任工程建设总指挥。大会战高潮期，八千民工尚嫌不足，又有山西岚县、宁武、五寨、神池四个县的两千多民工赶来增援。

这座仅有四台机组、总装机容量12.8万千瓦的小水电站，原计划用三年建成，但最终到1978年8月四台机组全部发电，耗时整整八年。人们说，这是一座用人工打造出来的电站，是一座由艰苦奋斗精神铸造起来的电站。

开工时，天桥峡两岸尚无公路，许多建筑材料要靠众多木船运到工地。保德河运社一共十二只船，除了留下四只渡船往来于保德和府谷两个县城之间外，其余八只全都上了天桥峡。天桥村也派出了四只船和二十多个民工。梁顺在、梁喜混等老艄全都上船，早出晚归，从村脚下往电站运石头。

开工两个月后，水寨岛左面围堰首先截流。技术人员跑上跑下，看中了左岸高耸的绝壁。周围村庄的人们兴奋地相互转告，电站要放大炮了。有人专门赶着去看，回来以后说，可了不得，要用七万多斤炸药，单是崖上那炮眼，就有咱的窑洞粗！

6月21日，水寨岛周围十里内村子的人员全部疏散。人离村，跑到远处的山梁上观望；畜离圈，牵到院里或谷场上，防止震塌圈棚砸坏牲畜。总指挥刘开基带了望远镜，和指挥部的人坐在西岸府谷县的黑龙洞山峁上指挥。在上万人的眺望中，东岸山上的红旗摆动几下，高高的石崖突然抖动，犹如一个失足的巨人，很不情愿地扑倒在了黄河中，河上大浪飞溅，天空烟尘四散。爆破很成功，36.5 吨炸药把高高的石崖轰下黄河，一下堵住了四十多米宽的河道。周围村庄毫发无损，只有水寨寺的后墙被震垮一角。

1971 年 10 月开始浇筑混凝土，工地上仅有两台小粉碎机，石子供应不上，于是再次全民总动员。水寨岛周围二十里以内，到处是热火朝天的碎石工地。河边、村中，甚至是院子里，成千上万人以相同的姿势，坐在一块石头上，左手拿一铁丝圈套住青石，右手举着小铁锤，一锤一锤往下砸。砸出的石子，近处用手推车拉，远处由船来运。天桥村离水寨岛二十里远，也参加了砸石子"会战"，村里的四条大船源源不断地把众人砸下的石子送到水寨岛。

混凝土整整浇筑了四年，人们才等来大坝的最后合龙。

1975 年 10 月，水寨岛右面河道开始截流。机械设备依然缺乏，手推车是主要运输工具。龙口缩到五十米，"决战"开始。两岸山上看热闹的人比民工还多，大家都想看看人和黄河到底谁厉害，黄河被拦住将是怎样一种情形。

工地上红旗飘飘，人山人海。浪涛声，高音喇叭声，人们的大呼小叫声，偶尔还有那只拖轮的汽笛声，几乎要把水寨岛抬起来了。陆地上，手推车运送石块，汽车运送混凝土四面体；河上，船工们憋足了劲，使出闯险滩过大碛的本事，把船扳得滴溜溜转。人们先在船上架好木板，木板上铺开铁丝网，堆上石头，再把铁丝网包起来，做成一个个石头笼子，然后每四只船牵成一溜，由拖轮从后面拽着，顺流下到龙口处，停住，接着迅速用滑轮把木板的一头吊起，将那硕大的石头笼子滚入龙口，空船再由拖轮拉上来。

龙口剩十几米时，激流飞泻，一吨多重的石头笼子滚下去也停不住了。就在看热闹的人们以为没办法了的时候，指挥部使出最后一招：沉船！上游岸边几十条大船一溜排开，在每条船底铺一张巨大的铁丝网，然后把石头堆到船的吃水极限，把铁丝网包起来，整条船就成了一个硕大的石头笼子。拖轮牵着长长的钢丝绳，把船拽停到龙口上。在惊涛骇浪中，在人们的呼喊声中，船工们顶着风浪，砸烂船板，大船轰然沉下去，压在了龙口里。

大船一只接一只沉下去，龙口两头也急速抛下大量的石头和预制块。当第十五只大船沉下去之后，河水突然停止了咆哮，回头在大坝里转开了圈子。

合龙"决战"时，大坝里面几十条船往来穿梭，气氛紧张。船工们堆石头，拧铁丝，埋头扳棹，谁也顾不及多想什么。合龙成功，风浪俱息，满工地的人松一口气，欢庆胜利。船工们抬头一看，傻眼了，自己合龙的大坝把自己的船困在里面，流不出去了。

参加合龙"决战"的船只，有一些是河曲县的，除过沉入龙口的几条外，剩下的随即返回。从此，河曲的船再没有下过天桥峡。保德的船则由众船工七手八脚，用大绳拖拽着翻过坝梁，放到了下游。从此，保德的船也再没有上过天桥峡。

苦了那艘立下大功的拖轮。拖轮是保德县于 1964 年 9 月从包头造船厂买来的，配备着一百二十马力的柴油机。当年还是请梁顺在领航，费了九牛二虎之力，才把这铁家伙从包头开回来。

大坝合龙后，几天之内，里面困着的船先后都被拉走了。

拖轮太重，无法拖过坝梁，被孤零零地拴在大坝里，任由风吹浪打，再无用场。

1977年夏天，在一次大水泄洪时，拖轮挣断缆绳，一头冲过泄洪闸，飞身跃下几十米高的坝梁，栽入大浪中，随即又被激流推到下游河道里，最终沙埋泥淤，不知所终。

过去天桥峡上无桥，至多也只有一座靠不住的冰桥。而今天桥峡名不虚传，有了三座桥。天桥水电站除去发电以外，还是一座战备桥，大型汽车可通行无阻；在天桥水电站以上不远的将军崖，是陕京天然气管道桥，长虹卧波，凌空飞架；在雾迷浪以上不远的禹庙附近，府谷人在2007年新架起了一座黄河公路大桥。加上保德与府谷县城之间的两座公路桥和一座铁路桥，三十公里之内，黄河上有了六座大桥。桥梁拉近了晋陕两省的距离，同时也隔开了人与黄河的亲密接触。

自从天桥水电站建成以后，大坝以下的黄河水开始变清，这些年，水量也大减，一副悠闲的样子。我问当年的一位老艄公，现在还能不能流船？他笑着说，那一口水，玩耍可以，哪能流船！在黄河上玩耍，还真要被他言中。现在，山西省修筑沿黄旅游公路，从偏关老牛湾到垣曲县寨里村，1052公里旅程，公路与黄河亲密相随。如果说黄河是摇篮，那沿黄公路就宛若一条漂亮的彩带。未来，晋陕峡谷旅游必将火爆，昔日的黄金水道将变成一道迷人的风景。人们沿黄河来回观光，不正是玩耍吗？

三

天桥村有不少特别的地名，楼塔、天桥、宰相坟、武场梁、马道坡，等等。这些地名牵扯着不少故事和传说，使人不由得要去猜想这个村的历史，猜想曾经有过的辉煌。天桥人甚至说赵匡胤也是天桥村的，说他在村后面武场梁上练过兵，在马道坡上遛过马，等等。

说赵匡胤是天桥村的自然不能当真，但天桥村有皇帝所赐的黄马褂，是用石花鲤鱼换回的。

黄河鲤鱼自古名气大，《诗经·陈风》中已有"岂其食鱼，必河之鲤"的诗句，意思说难道吃鱼就非要吃黄河鲤鱼才行吗？可见早在三千多年前，人们就把吃黄河鲤鱼作为一种奢华的生活方式来追求，大概和现代人抽中华烟、喝茅台酒差不多。唐朝章孝标有诗专赞黄河鲤鱼："眼似真珠鳞似金，时时动浪出还沈。河中得上龙门去，不叹江湖岁月深。"明末清初史学家谈迁所著《枣林杂俎》称："黄河之鲤，肥美甲天下。"

黄河鲤鱼中的极品，当属天桥峡的石花鲤鱼。1697年2月，康熙皇帝亲征噶尔丹路经保德，地方官唐文德献上了石花鲤鱼。皇帝享用后大加赞赏，从此石花鲤鱼被定为皇室贡品。民间传说康熙在钓鱼时还诗兴大发，吟诵出这样一首：

万里江山秀，乘风任我游。四方皆肥美，独叹此地瘦。

山高露石头，黄河往西流。富贵无三辈，清官也难留。

莫谓地情薄，且看眼前有。货船漂河面，两岸不断头。

鱼翔莲花汕，金丝得意游，龙舟有佳饵，<u>鱼兮鱼兮</u>上我钩。

这诗浅显如白话，是否出自康熙之口难以考证，但从中可以看出两点：一是保德县贫瘠；二是天桥峡内鱼好货船多。

天桥峡东岸石壁上，有一小路顺峡而行，因其险，被人称作天梯。天梯与村北边一条小河相交，河上有一石拱桥，长约四丈，名字就叫天桥。天桥村的人说，桥是当年鲁班爷化石为羊，赶了一群来到此处，一夜之间建起的。《保德州志》记载，桥是金贞元三年（1155）一位名叫法利的僧人募钱修建的。《保德州志》所列旧八景中，"天桥八步"也是一景。当年人们坐船通过天桥峡，仰面向那两百多米高的悬崖顶端望去，天梯上的石拱桥真像是架在天上一般，于是有人说，天桥村的名字就来自这座桥。还有人说，天桥峡的名字也是来自这座桥，因为在《水经注》中，天桥峡叫做"吕梁洪"。但这种说法恐怕靠不住，因为在天桥峡西岸，还有一个天桥村，属陕西省府谷县。天桥峡这名字源于"结冰成桥"，大概还是对的。

解放后，沿黄河新建从保德到河曲的公路，原天桥不能满足车辆通行，于是在原桥位置上新建了一座更大的石拱桥。原桥未动，形成了桥上桥。二十多年前，公路改造，第二座桥不够用，在其上面叠架了第三座桥。十几年前，公路再度拓宽改造，第三座桥上又叠架了第四座桥，现在，四座不同样式不同年龄的桥在同一地点叠套在一起，成了一道景观。

桥头旁边，原有一座河神庙，早毁。桥下小河是保德和河曲两县的分界线，省市领导和各种检查组往返，两县领导就到天桥的两头迎送。一般迎者不出自家地界，送者会跨几步过来，与这边的领导握握手，说几句客套话，然后各自返回。前两年，保德县为方便等候领导，在原来河神庙的地方修了一个凉亭，天桥村人把这凉亭叫成了接官亭。

在天桥村口下面，紧临天桥峡的一块平地上，曾有一座规模不小的寺院，叫做福缘寺。寺内住过和尚，有一棵大树，村民不识树种，笼统地称做神树。1947年，寺院被毁。1998年，梁喜混的儿子梁党明带头捐款并组织施工，在原来正殿旧址上建了两间房，里面半边塑了观音像，半边塑了关公像。福缘寺是观赏天桥峡的绝好地点，风清日朗之时，上下可望出去十几里，山峦逶迤起伏，大河莽莽苍苍，甚为壮观。

福缘寺东边不远处，曾有一座观河楼，其基础用黄土筑就，传说楼有六层，气势非凡。观河楼不知在哪一朝代坍塌，只留下了楼塔的地名和一个烽火台似的基础。前几年修建金属镁厂和焦粉厂，那阔大的基础也被铲平了。

天桥人从老祖宗一辈开始，就与黄河打上了交道，流船跑河路，捕捞石花鲤鱼，在浪涛里讨生活。水电站建成后，天桥峡内的石窟石缝被泥沙淤埋，石花鲤鱼从此绝迹，天桥人也从此不再捕鱼。电站大坝合龙后，天桥村把运送过石料的四条船卖给了下游生产队，船工们从此离河上岸，靠耕种山上几亩薄田过日子。

上世纪七十年代初，"农业学大寨"运动催得人昼夜不宁，前面水寨岛上刚放完合龙大炮，后面将军崖畔又开工修建天桥电灌站。在一派"莺歌燕舞"中，人们唱着"黄河绕山转，塞北变江南"，披星戴月，用铁锹、镢头、手推车，在楼塔、宰相坟、武场梁、马道坡等大片山坡上修出了三百来亩大寨田。1975 年，四级泵站真的将黄河水提上了山。

天桥人现在还说，黄河水上了楼塔、武场梁，种的墨西哥小麦和"反修 19 号"杂交高粱，当年大丰收，全村人很是高兴了一回。但好景不长，墨西哥小麦只种了三茬，电灌站收不回水费，电机无法转动，周围十来个村子的水地又全都种成了旱地。再后来，灌渠废弃，提水管道逐渐被人拆得七零八落，电灌站也荒废了。

1997 年，有人在电灌站建起一座铁厂，后来又因环保问题拆除。现在的天桥电灌站只剩下两排空房子，冷冷地守望着天桥峡。

上世纪八十年代农村大包干，天桥人在种地之余，依托天桥峡东岸的优质石灰石，在楼塔周围建起了许多白灰炉。祖辈跑河路的天桥人，开始从火里讨生活。梁三的孙子梁明世也建了三座白灰炉，虽然烧白灰没有流船来钱快，但不需要到雾迷浪上弄险，平稳得多。

到九十年代，天桥村的白灰炉由原始的蛋形窑变成了立式窑，规模越来越大，而国家的环保政策也日渐收紧。于是就不断有人给国家环保局写信告状，说天桥村的白灰炉浓烟滚滚，使壮丽的天桥峡暗无天日，严重污染了母亲河。上级一再督促关停，其时我正担任分管环保的副县长，考虑到白灰炉支撑着天桥村的半个天空，若突然取缔村里在经济上难以承受，就一面考察符合环保政策的新白灰炉，一面说服教育群众慢慢关停。

面对关停通知，天桥村人态度很好，说马上就关，只是要求宽限几天，把料场上的原料用完再关，不然那料就全废了，那可是老百姓的血汗哪！我不忍心，就同意他们的要求。但料场却如聚宝盆，料总也用不完。

1999年12月12日晚，中央电视台《现在播报》节目开始，主持人海霞的几句开场白后，天桥白灰炉流烟冒火的镜头就出现在了画面中。短短几分钟的报道，立马引起了轩然大波，海霞刚说完"感谢您的收看"，市领导就发来指示，必须尽快解决天桥村的问题。

第二天，县里尚未行动，天桥村倒来了很多人。他们也看到了《现在播报》，知道真正的危机已经来临，所以先行动，试图请求县政府再照顾一回，不要拆除他们的炉子。我仔细听完他们的陈述，叹一口气，看着他们问道："你们自己说，这一回还能拖得过去吗？"众人面面相觑，半晌无言，然后默默地离去。

14日拆除炉子时，半村人伫立在不远处，看着铲车把黄土一铲一铲推入还在燃烧的白灰炉里，静默无言。

严冬里的一天，一场大雪后，为中央电视台提供片子的省台记者回访天桥村，我陪同前往。到村口是上午九点多，楼塔一带，原来浓烟滚滚的地方，只留下一大片白雪掩盖着的残破的白灰炉，雪地上连半个脚印也没有。山河寂寥，空气清冽，天桥峡清爽了许多，宁静了许多。这时，一群人从村里出来，手里拿着扫帚、铁锤、铁钎等工具，要去岸边开采石头。白灰炉被取缔后，他们又开始采卖青石。

记者热情地迎上去，和他们拉呱起来。记者说，看这空气多好啊，取缔了白灰炉你们感受到好处了吧？不料众人毫不领

情，一个拿铁锤的中年汉子气冲冲地说："好空气能吃饱肚子？没感到好处，感到肚子饿了！"

　　记者不服气，又讲了空气污染对人的危害。说了一阵子，突然后面一个拿扫帚的老汉走上前来，忿忿地说："我活了七十几岁了，见过饿死的，冻死的，还从来没见过呛死的！"一句话呛得记者再无言语。

　　天桥人从事的活动离黄河越来越远。天桥峡变为水库，碧波荡漾，已成了天桥人眼中一道可有可无的风景。雾迷浪、石花鲤鱼以及天桥艄公的故事，也正在慢慢变成一种传说。天桥人在告别黄河的同时，也告别了一段历史。

2008 年

满台惊涛动地来

"哟——嗬嗬——"一声雄浑舒展的号子，悠悠地从远方飘来，从人的记忆深处飘来，撞上心头，又在心头荡起阵阵回声；"隆——隆隆——"一阵低沉稠密的鼓声，如春雷隐隐，跌宕起伏，从远方的山谷中奔涌而来。

声音越来越近，越来越清晰，一条浩浩荡荡的大河正从远方，从远古奔腾而来，一波接着一波，一浪赶着一浪……

随着惊天动地的鼓声，一艘大船从晋陕峡谷上游破浪而出。船上二十八条年轻大汉，红马甲，黑短裤，头扎红绫，袒胸赤膊，手中的鼓槌铙钹上下翻飞，舞动得彩绸飘飘，河风猎猎……

绛州鼓乐团正在演奏《黄河船夫》，开场不到三分钟，二十八条大汉就把偌大一座舞台擂击成了一艘追风逐浪的大船。

船头上，一面直径两米多的特大牛皮鼓竖立在鼓架上，让人即刻就想到了古代那催动三军的战鼓。鼓前站定一位红脸大

汉，虎背熊腰，人与鼓浑然天成。那威风凛凛的样子，简直就是他的运城老乡关云长再世。只是他手中横着的不是青龙偃月刀，而是一柄一米多长、扎着红绸的特大鼓槌，那是主宰大船命运的指挥棒。大船中央，十面中鼓、十二面小鼓分两列排开，船尾又横置一面大鼓，擂鼓的汉子是那久经风浪的老艄，身材精瘦，与船头大汉形成鲜明对照，显露着更多的敏捷。他手中的鼓槌，正是那关乎全船安危的大舵。在二十四面大小鼓背后，是两面大镲、一面大锣、一盘大钹。二十八条汉子风里来，浪里走，被黄河水淘洗得全身古铜色，一个个好似古罗马斗士。

　　河水浩浩荡荡，大船行驶在一段开阔平缓的河道中。两岸一座座黄土山头在灿烂的阳光下，展现着各种雄伟身姿，迤逦向后退去。汉子们轻松地站在船上，鼓槌如蜻蜓戏水，灵巧地在大小鼓身上抚摸着，跳跃着；铙钹如蝶舞花丛，款款地在空中翻飞着，亲吻着。鼓边鼓钉叮叮咚咚，似山泉流下黄河水；铙钹铜锣哗啦啦啦，是船头激起的串串浪花。船尾的老艄轻拢着大舵，油然生出一种豪情，放开嗓子唱了起来："你晓得，天下黄河几十几道湾哎，几十几道湾上几十几只船哎，几十几只船上几十几根杆哎，几十几个艄公把那船来扳……"清风拂水面，歌声满峡谷。

　　过了一道湾，又过了一道湾，山回水转，河道渐渐收束，水流渐渐变急。船夫们的表情凝重起来。河两岸已不见了黄土山头，一律是齐刷刷的石壁。峡谷越来越窄，水流深沉，已没有闲情溅洒浪花，铙钹铜锣顿时安静下来。小鼓一阵紧过一阵，疾风骤雨般搅动着；大鼓一沉再沉，所有的东西都被吸向河底。没有喧嚣，没有大起大落，只有一个旋涡接着一个旋涡，一个暗涌套着一个暗涌，仿佛千军万马在衔枚疾行。水流收束，在积蓄力量，准备到最险要的地段突然爆发；船夫们凝神运气，浑身充满亢奋与自信，等待投入那一场殊死的搏斗。

　　船头的大汉两眼圆睁，紧盯前方，犹如大将临阵。马步扎在船板上，生了根一般，任大船如何起伏，铁塔般的身躯岿然不动。他鼓着两腮，憋足了劲，手中鼓槌击打出轻重不一、节奏不同的声音，指挥着满船金鼓。船尾老艄眼观六路，耳听八方，手中鼓槌灵巧地跳跃着，与船头大鼓相呼应。他在仔细分辨河底的涛声，从那纷乱的水流中选择着航道。二十八条大汉各就各位，配合默契犹如一部高速运转的机器。鼓边段，鼓心段，鼓钉段，正捶横打，旁敲侧击，满船鼓点急而不慌，忙而不乱。

　　突然，船头大汉抡圆了臂膀，鼓槌流星赶月般直飞鼓面。刹那间，满船的大鼓小鼓铙钹锣馨轰然爆发，山呼海啸中，大船"唰"的一声飞入激流，过碛冲漕了！

　　河道陡落，急流飞泻，峡谷咆哮，大浪弥天。满船人呼喊着亢奋的号子，满船金鼓倾泻着撼天动地的旋律。河水狠命地推着大船，想把它吞下河底，想把它送上石壁；二十八条大汉前呼后应，左冲右突，一会儿侧身翻转，一会儿飞身跃起；槌落如骤雨，镲飞似霹雳，所有动作虎虎生风，滴水不漏。大船一会儿飞上浪尖，一会儿跌入谷底。万里黄河风摧浪涌，波澜冲九霄，雷霆走天涯。

　　这一刻，人们耳边恍若有千面锣万面鼓在震响，好似有千军万马在奔腾厮杀。雄壮无比的金鼓使人想到一生中经历过的最大的暴雨，最响的惊雷，最凶猛的巨浪，最剧烈的山风；想

到最惊心动魄的经历；想到大自然的神威；想到世间万物的壮烈；想到人生如过客，大丈夫就该如此威武豪壮地去搏击一回。鼓乐让人酣畅淋漓，热血沸腾，直感到周身冗杂抖落了，满脑袋的懵懂打掉了，一肚子的闷气释放了。又仿佛是一口气饮下了十八碗烈酒，催生出了万丈豪情，直恨不能操戈上阵，把整座黄土高原当作一面大鼓，擂他个风云色变，地动山摇！

不知过了多久，随着船头大汉一阵刹车般的点击，满船金鼓渐趋平和。众人松一口气，齐声喊唱起来："我晓得，天下黄河九十九道湾哎，九十九道湾上九十九只船哎，九十九只船上九十九根杆，九十九个艄公哟嗬嗬把那船来扳——"河道开朗，阳光万里，波涛灿然。身后，九十九只大船顺流而下……

2008 年

老牛湾行

　　到老牛湾是 2009 年 3 月 15 日。我是初来，同伴已经是第三次光顾了。他说这是黄河入晋第一湾，有神话，有历史，还有风景，一年四季景色不同，走三五遭不能算多。他还认下老牛湾一个开客栈的老吕，走到半道，他给老吕打电话，说又上来了，请他准备午饭。

　　老牛湾我虽是第一次来，但感觉并不陌生。保德县一些老船工给我讲跑河路的故事，经常把老牛湾挂在嘴边。说老牛湾和天桥峡差不多，黄河夹在石峡中，行船通过时，抬头只能看见手掌宽的天。老牛湾里有老牛碛，又叫狮子拐，也是一个凶险地方。外地船到此，都不敢造次，要请老牛湾的艄公来掌舵过碛。

　　老牛湾有码头，村子不小，船工们经常在此歇脚过夜。有一年春季，保德河运社的几条船从喇嘛湾往保德运粮，到了老牛湾，水少，船不能行，就歇下等水。这一等就是半个多月，

船聚集了不少，内蒙古、河曲、府谷等地的都有。船工们无所事事，保德和河曲的几个挑头，就在村里唱开了二人台。唱得村里的媳妇闺女不干活，都来看戏了，于是村里出来干涉：白天不能唱，只在晚上唱。

除了船工们的讲述，平时书上也经常看到老牛湾。打开任意一本黄河画册，老牛湾照片必在其间。"黄河入晋第一湾""晋陕大峡谷的开端""长城与黄河握手的地方"，此类描述耳熟能详。久而久之，我在心中已然有了老牛湾的大致模样。

从保德县开车沿黄河而上，在距老牛湾村十二公里处，巍然耸立着一座石头门楼，上书"天下黄河第一湾"几个大字。民歌里唱"天下黄河九十九道湾"，而今从上游到下游，"天下第一湾"的招牌接二连三，怕都快有九十九个了。门楼左前方有观景台，是观赏老牛湾的最佳地点，书刊上所载老牛湾的全景照正是在这里拍摄。

妙景宜从高处赏。三月里，河未开，阳光照在峡谷深处的冰面上，闪射出幽蓝的光。老牛湾环抱着的山头叫做包子塔，远远望去，浑圆丰满，确像黄河在行进之间突发闲情，用旋转法捏出来的一个胖大包子。大自然的神作，总是让人惊叹不已。

惊叹之余，我冒出一个傻傻的想法：如果在包子塔根处劈一道大口子，将黄河放直，把前面环绕包子塔的河道空出来，汛期放入黄河水淤积，肯定能造出一大湾好地，再引黄河水灌溉，不知能打多少粮食。未及想完，自己就失笑起来，劈山改河，是上世纪"农业学大寨"常有的举动。今天，面对母亲河这一神来之笔，我这样想，简直是一种罪过。

到了老牛湾村，我和开客栈的老吕聊起劈山改河的想法，他说上世纪还真有人提议过，而且还扛着仪器，上山下河搞过测量设计，但不是劈山，而是打洞。只要打二里长一条大洞，就能把黄河放直，空出十五里长的河道，造五千来亩地，还是水地。工程只在纸上画了一番，最后没有开工。

老吕五十九岁，是提前离岗的教师，近几年开客栈，搞旅游，收入不错。他带着我们游览老牛湾，看旧城堡、旧村子。旧村子里只剩下一户人家在坚守，废弃的石屋、石墙、石碾、石磨，看上去很古老的样子。一位内蒙古商人承包了此处的开发项目，正往旧石屋上抹砂灰。

旧城堡前面有一石碑，上刻"长城与黄河握手之处"，我和老吕在碑前握手拍照，俨然我们就是长城与黄河的化身。

下到黄河边，展眼看，仿佛冰面也不甘寂寞，结出了很有规律的纹路。靠岸冰面已融开一条缝，眼看就要开河了。老吕说，万家寨水库拦蓄，使老牛湾的水位抬高了五十米左右，码头以及众多的暗礁大碛，全都落在了水底。长城上的烽火台顶正好与水面平，只露一个光头顶。

站在河边上下打量，虽然水面抬高了五十米，这里依然峡谷深深。遥想当年流船过峡，头顶一线天，真像是在石头缝里穿行。

老吕说，老牛湾村在上世纪四十年代养着三十多条船，五十年代也有五百多口人，那时的红火热闹全凭黄河水路。从上世纪七十年代开始，河上没有了船，村子就冷清起来。守着一库水，中看不中用，村里人也走了不少。这两年搞旅游，才慢慢又有了一些生气。现在全村二百四十来口人，只有过去的

一半。

　　我问来旅游的人多不多，老吕说有，但不算多。春节那几天有从广州来的一个小伙子，计划大年三十在老牛湾过。他单枪匹马，先坐飞机到太原，又坐汽车到偏关县城，紧赶慢赶，到达已是大年三十傍晚，找不到出租车，小伙子只得在偏关县宾馆度过除夕夜。大年初一来了老牛湾，老吕陪小伙子在冰河上走了半天，拍了许多照片，圆了小伙子看冰河的梦。

　　正月初三，老吕的儿子开小面包车将广州小伙子送到偏关县城，但偏关汽车站不发班车；又赶到五寨县城，还是没有班车；再赶到岢岚县城，依然没有班车。小伙子就对老吕的儿子说，直接送到佳县城吧。到晚上，两个年轻人才到了佳县县城。

　　我问老吕，小伙子到佳县干嘛？老吕撇嘴一笑，说，人家说是看石头城哩！

　　我们来到老牛湾，正是开河前夕，既滑不成冰，也行不了船，只能沿着河边走一走。我想，老牛湾至少还得来两次。夏天来一次，坐小船或汽艇，向上直达喇嘛湾，看看峡谷两面的石灰岩从何处起头，晋陕峡谷从何处开始；然后返回来，下行，转过包子塔，到万家寨水库，看看一坝横锁，两面绝壁，体验一回峡谷流船的惊险。冬天再来一次，带一双冰鞋，从老牛湾出发，滑着冰上喇嘛湾，来回大约六十公里，也是可以的。走过两回以后，老牛湾的神韵基本领略了，对这一段峡谷也就熟悉了。

　　老牛湾地方不大，但内容不少。研究地理的人，可来这里考察晋陕峡谷如何开始，黄河如何转折，晋蒙如何划界；研究历史的，可以来此考察长城、古堡、古渡，看长城如何与黄河

"握手"、当年烽火如何燃起；爱好摄影的，可以来此拍摄四季景色，可能还会因此收获一个什么奖项。

老牛湾里好风光，随着旅游开发，必将再度红火热闹起来。

2009 年

黄河捞炭

　　半个世纪以前，黄河浩浩汤汤。夏天涨大水，河里会涌来很多东西，大树、河柴、鱼、瓜果、牛、羊、野猪、狍羊、狼……有时甚至还有家具什物。满河杂物驾着高高的浪头，急急忙忙向下漂游。有些漂着游着就偏离了主河道，被守候在岸边的人捞了上来。

　　黄河里最奇特的漂浮物，是炭块，来自陕北和鄂尔多斯高原。其时这些地方基本还是一片洪荒，几丈厚的煤层如同石头一般，或者裸露，或者浅浅地埋在黄沙下面。夏天大雨，煤层经常被洪水切割下来，从各条支流翻滚着汇入黄河。黄河发大水"斗水七沙"，黏稠得很，即令是房大的炭块，也沉不下去，都在洪水上面露着半截，随大浪载沉载浮，向下漂游。

　　炭块不显金贵，且不好打捞，人们也不会去冒这个险，只等水退以后去河滩上捡。一场大水过后，河滩上往往会留下大小不等的炭块，如碗如盆，村里人纷纷出动，提篮携筐搬运回家。偶尔间，丢下的炭大如一顶柜、一艘船甚或半间房，男人们就得取出开山打石头用的大锤、錾子和铁楔，在河滩上排开阵势，叮叮当当来破炭。

二十世纪八十年代以后，黄河水量大减，不及过去的一半，而且不声不响地变清了。河里再无任何东西可捞，连河柴和鱼也成了稀罕物。陕北和鄂尔多斯高原上，政府和个人一齐动手，耗子打洞般抢着开矿。几年之间，大小煤矿密密麻麻遍地都是，所有煤层都各归其主，洪水也休想再切割下来大炭。各煤矿把大量废渣倒入山沟，里面混着的碎炭被水淘涮进了黄河。但黄河变清，载物也无力，碎炭和沙一块沉入河底，人们也没想到要去捞它们。

保德县是煤炭之乡，老百姓自古不缺炭烧。但从十几年前开始，煤价一涨再涨，原来按车论价的东西，现在居然贵如米面，上秤称着来卖，每斤三毛多钱。实在买不起了，严寒威逼之下，靠山的人上山砍柴砍树，沿河的人再次把目光投向黄河，几番探索，终于找寻到了捞取碎炭的地方和办法。

黄河流经保德县六十多公里，可捞炭的地方有三四处，以冯家川村前最佳。

冯家川村位于黄河东岸，距县城四十五公里。黄河流到这里仿佛和谁较上了劲，咬定西山不放松，主流一力向西，将西岸咬成了一道绝壁。在东岸却留下了一大片宽阔的河滩，滩上长满百年老枣树，枣林中掩映着古老的冯家川村。除了红枣驰名以外，早年间这里还是一个大码头，而今进村，从那曲折光滑的石板街上，依稀还可看见当年人来车往的热闹痕迹。

凡有码头处，河水就平缓。冯家川村前河道宽阔，靠岸有

些地方能形成洄流。早年发大水的时候，人们守在河边捞各种东西，近些年无东西可捞，就在大水过后下河捞炭。

村里原有一千六百多口人，近年来外出上学、打工，走得只剩下八百多人了。捞炭高峰日，同时能有二百多人下水，人声喧哗盖过河水声，过节一般热闹。

捞炭工具由冯家川人自己发明制造，将一只汽车内胎充足气，当中安放一个直径与内胎同样大小的金属盆，一个圆圆的好似橡皮小艇般的捞炭大盆就造好了。将它用绳子轻轻系在腰间，然后手举一把直径一尺多的大漏勺，踩着一米来深的水，走到离岸五六十米远的河中。这里属于浅滩地带，每涨一回水，河底就能沉积下一部分碎炭，正好供人捞取。

捞炭是个力气活，一般由成年男子来操持。妇女和孩子们只在水中往来，把捞满的炭盆牵到岸边，再把炭装入编织袋中，搬到岸上。炭盆里虽然盛着二百来斤炭，但在水上却十分轻巧，人牵着炭盆来去，宛若牵了一只乖巧的大鳖。特别是孩子们，牵着大盆在河中往来，到水深处，只露出一个圆圆的小脑袋，有时乘机就双脚一蹬，游上两把。

傍晚时分，人们上岸，清点战果，多的人家能捞到一吨多，少的人家也有半吨左右。那炭块常年在河中与沙石为伍，不知翻过多少个筋斗，全都打磨得圆滚滚、光溜溜，大的如苹果，小的如杏核，每吨可以卖到五百元左右。

2010 年 8 月 15 日下午，我到冯家川村看捞炭。最近不曾涨水，河里炭也不多，捞炭的只有四家，十来个人。捞炭处的水也没有平时深，只淹过人的小腿。

我换上短裤走入水中，河水清亮，浅处甚至能看见河底。

河水擦着小腿快速流过，河底的石子和细沙让人脚下痒痒的。站在岸上看，黄河好像不很宽，但站到水中再看，大河浩浩漫漫，还是很宽的。我曾经担心，如果突然涨水，捞炭的人会不会被水卷走？但村里人说，这么宽的河，涨水很缓慢，先是看着河水开始变浑浊，再看着一波一波动荡起来，等到河中的人慢慢悠悠走上岸，水也涨不了一尺。

在离岸四五十米远的地方，有父子俩在作业。老汉七十多岁，瘦小身材，两手撑着一个编织袋。他有一把现在已不多见的漂亮白胡子，给人一种古道老者的感觉。儿子四十多岁，身体黝黑健壮，看那架势，倘若早生五十年，肯定也是黄河上一名追风逐浪的好老艄。此刻，他正挥动漏勺，不停地把炭捞到老汉撑着的编织袋中。

看见我走过来，老汉笑眯眯地说，这几天炭不多。我说前几天这里可多了。后生说最近没有涨水，炭被捞得不多了。

我见后生举着漏勺，先瞧瞧水底然后才下手，有点像在捞鱼。就想，莫非河底能看见炭？后生见我惊奇，就笑着说，炭能看见，你看那水底有一股一股黑乎乎的影子，那就是炭。我低头细瞧，果然在近二尺深的黄河水底，随着水的流动，能看到一道又一道的黑影。我弯腰抓起一把，果然是许多碎炭和沙子混在一起。

那后生左一勺，右一勺，不停地把碎炭装入他父亲撑着的编织袋中。我说你没有那个汽车胎做的大盆？后生说两个大盆捞满了，没来得及装袋子，都在河边拴着。

看了一阵，我眼热起来，就向后生要过漏勺，学着他的样子来捞。老汉呵呵地笑起来。

这活计倒也不是很难，把漏勺迎向水流，朝着河底的黑道道一挖一拖，如从锅里捞米饭一般，漏勺里就有了大约两碗多的碎炭、沙子、石子。然后把漏勺端平，在水中来回一筛，沙子立马漏个精光，勺中只剩下碎炭和少许石子。再筛动几下，石子就到了下层，上层都是炭，这情形如同在黄河里手工洗炭。可惜今天的炭都小，除过少许鸡蛋大的以外，一般都是桃核大小，偶尔里面还会有几粒焦炭。

我把漏勺端到老汉面前，他就乐呵呵地一手撑口袋，一手把勺里面的碎炭刨到口袋中。然后，我再把余下的石子倒回河里。

捞得兴起，我问后生，还有没有漏勺？后生笑着说河边还有一把。我说你去取来，这一把我用了。后生笑了，老汉也笑了。

后生上岸取来漏勺，我们边捞边谈。后生说，捞炭是最近四五年才兴起来的，现在全村家家都捞，有空就捞，就像山里人有空去捡几把柴火一般。除过自家烧以外，许多人家还卖炭，好的一吨可卖到五六百元，就这碎炭，一编织袋也可卖到十元。后生说他捞了两年，现在存着六万来斤，有一部分埋在了土里。

老汉告诉我，有炭的地方，脚踩下去感觉松散、发虚，和踩石子沙子不同。我就举着漏勺四处去踩。果然，有一片地方踩着有些松散，反复踩几下再看，下面不少黑乎乎的东西。一勺下去，挖起来的居然全都是炭，而且颗粒也大。我乐得赶紧招呼后生也过来。他过来捞起一勺，很有经验地说，这里有一窝子炭。可惜这一窝子也不多，捞几十勺以后，就和其他处一样了。

七月里我曾在岸上看过几回捞炭，以为人在水中凉快得很，其实不然。黄河水温温和和，没有凉意，正好游泳，而脊背上的太阳却毫不客气，虽然是麻阴天气，我捞一会儿已浑身是汗，就开始脱 T 恤。老汉看见了，连说："脱不得，脱不得，一下就晒了脊背了，会脱皮的，火烧火燎疼得很。"我说不怕。老汉抬头看看天说："好在今天是麻阴阴，要不然，一阵子就晒坏了。"

再捞一阵，父子俩说看你累的，歇着吧，这是受苦人的营生。我满头大汗，边捞边说，咱也是受苦人出身，父子俩就又笑起来。再捞几勺后，他们笑着说，那咱一起上岸吧，我们也得回去吃饭了。

这里四家捞炭的都回去吃饭了，下游不远的河滩上，又新来了三家。他们不到水里去捞，而是在水边的沙里淘。我就又赶下去看淘炭。

三户人家，一户是五十来岁的夫妇，还带着一只小黄狗。一户是母女俩。还有一户只有一个五十来岁的妇女。

水的力量真是神奇，这一片沙滩上只留下沙和碎炭混在一起，并不见一粒石子。淘炭的人也不下水，只在沙滩上选一个小水坑，把水坑周围混合着的炭和沙刨入水中，三翻两搅，沙子落到底下，碎炭翻到了表面，然后用手把炭撮到一只细筛中。撮够半筛时，端到水里一淘洗，残存的泥沙从筛眼里淘掉，剩下的就是干干净净的半筛子炭。这样淘到的炭更细碎，是上游捞漏了的那一部分，大的如蚕豆，小的如绿豆。

那个丈夫面容干净，行动慢慢悠悠。如果把手中的漏勺换成一副钓竿，他倒更像是一个隐居垂钓者。他有时在沙滩上淘几筛，有时进水里捞几勺。他有一个绝招，别人在河中分开炭和石子时，是把漏勺端平，接着晃荡，结果是炭留在上层石子落在下层。而他是把漏勺放斜了，在河水中三转两绕，结果迎着水流的上半勺里是石子，尾端的下半勺里是炭。炭和石子界限分明，石中无炭，炭中无石。这手法很像老农在打谷场上用簸箕筛拣谷物，三两下很难学得来。

这几个人当中，数那个单独来的妇女手脚最麻利。她的形象和那个男人正好相反，身着破衣服，脚上一双半筒雨靴，全副受苦人装束。她下午两点来到河滩，带着一把铁锹、一面筛子和十个编织袋。她把铁锹往沙滩上一插却不用，只在一汪水边一蹲，两手飞快地把松软的炭沙刨入水中，然后双手在水中一翻搅，顺势收手，手中已是满满的一捧碎炭。她动作飞快，好像手底全都是碎炭，淘沙只是一个捎带动作。我看得赞叹不已，这简直快到要耍魔术的地步了。我试着淘了几把，但不成，两手下去反复搓磨半天，撮起来的却有一半是沙子。旁边那个妇女说，全村人中，就数这一位手快。

我不会淘炭，就帮她撑开编织袋。她手不停，看我一眼，笑着问，乡上的？我说是县上的，专看捞炭来了。她就笑着说："可没看头，我们受苦人，一天受得就像猪牛一样，往死熬哩！"她话虽这样说，但手中速度丝毫不减，十几分钟，就装满了一个编织袋。我说，可惜没有带相机来。她说，哎呀，带上也不能照，这难看模样，照出去让人看了要笑话死呢！我说，看来你一下午淘十袋子没问题，可往公路上背就吃力了。她说，是哩，等一会背起来，袋子里的水会淋到脊背上腿上，可受罪了。旁边的妇女说，一会她老汉会来背的。

黄河捞炭甚为辛苦，清明节一过，村里人就下水，直到小

75

雪时节，河边结冰，河里流凌，他们才彻底收工。早春和深秋时节，纵然穿上水裤，站在水中依然感觉浑身冰冷，手上一道道皴裂的血口子就更不要说了。但是，与许多既劳苦又烦心的活计相比，捞炭毕竟还是快乐的。

2010 年

祖先的
黄河

夜行黄河边

那一日去冯家川，看村民从黄河里捞炭，下午七点，捞炭者满载而归，我也要返回县城。村里一位老同学说，如果嫌咱这边路难走，可以沿黄河下行二十里，过浮桥，从陕西那边回去，那边是平展展的柏油路。我觉得这个主意好，宁走十里平，不走五里坑。

沿黄河向下五里就是兴县地界，以前来过多次，但只能望一眼兴县境内那高高的石壁。现在，兴县人劈山凿石，接通了沿黄公路。一上兴县柏油路，车里导航就响起了"您已超速"的提示音，时速超过了110公里。这让我打心底赞叹兴县人民不简单！同时想，到不了九点，我就可以回到县城了。大约走了十来分钟，上黄河浮桥，到西岸。我问收费站的工作人员，沿河一路能上去吧？收钱人嘴里嘟囔一句什么我没听清，也没再问，只管沿黄河上行。

依然是平展宽阔的柏油路，心里就再赞叹陕西人民也不简单。然而走了二十来里，却遇到了麻烦，公路上在铺油，过不去。于是只得放弃九点前回去的计划，耐心等待。问一个铺油的老汉，河对岸是哪里，老汉说是冯家川。原来绕了一个大圈，我还在看捞炭的那一段黄河边上，只是从东岸转到了西岸。

直到晚上八点多，天已黑得需要开灯了，道路才放行。但走了不到十里，在神木县和府谷县交界处，路上堆着一人多高的土石，路被彻底堵死了。

车到山前再无路，无路只能往回返。原路返回到冯家川村时正好是晚上九点。如果不绕行，走这边的坑坑洼洼，此时也该回到县城了。

白折腾两小时，又回到了原地。我自嘲一句，该走的路绕不过。随后一阵释然，反倒丝毫不慌忙了。绕行二十多公里，权当是参观了一回神木县和府谷县的道路。我看一眼夜色中的黄河，心想在这样一个月色朦胧、星光微微的夜晚，沿着长满枣树和玉米的黄河岸畔走一回，实在也是一件浪漫之事。唯感遗憾的是，这等大好景色仅我一人来领略，有点儿孤单。想到这里，又为自己先前的急躁感到好笑，匆匆忙忙赶回那个又热又嘈杂的县城去做什么呢？

更多的惊喜还在后头。以前有过夜间行车的经历，或在高速上，或在国道上，总感觉车灯不够亮，特别是被对面来车一照，眼都睁不开。但这一回我惊奇地发现，车灯在大路上不亮，但走这乡间道路时却是雪亮。灯光扫射之下，路上那些坑坑洼洼看得比白天还清楚。人来峡谷神气爽，灯到乡下分外明。我开着车散步一般，悠然前行。

走一阵，到了一段紧临河水、四下又不见灯火的地方，我

祖笔的黄河

熄火关灯，走下车来看河看天。

左右观望，乌蓝的天幕上，是两列南北走向的山的剪影，迤逦起伏呈锯齿状，对峙在这一道深深的晋陕大峡谷两旁，半轮橙黄的月亮正落到西面的山顶上。大峡谷内，黄河由北向南浩荡奔流，水面上闪着些星光月光，正是"月涌大江流"的意境。仰头看，北斗星正低垂在我的头顶上，格外明亮，看着很亲切。再看一阵，银河也渐渐清晰起来，莽莽苍苍横在峡谷上空。二十来年了，我没有认真地仰望过夜空。现在看，北斗依旧，银河依旧，还是童年时在乡下看到的那个样子。

看着银河，我想起了我的老祖母。她给我讲过许多故事和谚语。夏秋之夜，星空是我们永远看不厌的风景。老祖母教我认识了北斗、牛郎、织女等星星。她仰头观望夜空的时候总要念叨："天上一颗星，地上一个人。"秋风起时，她要念叨："天河倒西，吃上新米。"老祖母去世二十六年了，我想起她的时候越来越少。今夜，看着银河，我想起了她老人家。

此时银河尚未"倒西"，立秋还得半个月，蝉的大合唱也还没有登场。周围的玉米地里，有些小虫子在鸣唱，声音细微。黄河的声音，随着浪涛的涌动，高一波低一波传过来，不急不躁，很悠然，很沉稳，很大度。倘若在白天，这声音会淹没在往来车辆和施工的机械声中，人难得听到。但在夜里，这声音却美妙如天籁，借了星光夜色，一波又一波，淘洗着人的肺腑。烦恼、焦虑、浮躁……所有的嘈杂都被这声音慢慢淘出体外，心灵渐渐变得空明起来。

不知过了多久，西面山顶上那半轮月亮已经落到了山那面，我再度起身，沿黄河缓缓上行。

来到花园村外的护堤上，我再次熄火下车。前面不远处，转过钓鱼台，就是另一片天地。保府两座县城对峙在黄河两岸，灯火、噪音、楼群，组成一个忙碌而又纷乱的世界，一旦进城，人休想再清静。

站在护堤上，依稀可见几许灯火从枣树林里透出，间或有几声狗吠传过来。对岸公路上，有两束灯光划开夜色顺河而下，是赶夜路的汽车。我坐下来，这夜色、黄河、星空、玉米、枣树、虫鸣、波浪声……简直让人有点舍不得离去。

星空下，我守着黄河，心地空明，只觉得，宇宙很复杂，人心很简单。

2010 年

祖茔的
黄河

晋陕峡谷开始的地方

　　前些年，由《中国国家地理》杂志社主办、全国三十四家媒体协办的"中国最美的地方"评选揭晓，黄河晋陕大峡谷荣膺中国最美十大峡谷第七位。其描述如下："黄河由鄂尔多斯高原挟势南下，左带吕梁，右襟陕北，深切于黄土高原之中，晋陕大峡谷从内蒙古河口镇至山西禹门口，长七百二十五公里，谷深皆在百米以上，谷底高程由一千米逐渐降至四百米以下，河床最窄处如壶口者，仅三十至五十米。"

　　严格地讲，这一段话并不准确，有关哪里是晋陕峡谷的起点有争议。

　　晋陕峡谷终止于禹门口，自古无疑义。禹门口的地势大气磅礴，爽朗明快，晋陕峡谷在这里结束得斩钉截铁，义无反顾。两岸巍峨陡峭的石灰岩山脉，一路轰轰烈烈护送黄河至禹门口，"禹门三激浪，平地一声雷"。声威正壮之时，两岸高耸对峙的石山突然间仿佛战士得令，一个急停，齐刷刷站在那里，再不肯前行半步。没有缓冲，没有过渡，峡谷在突然之间就消失了。不到三百米宽的河道骤然扩展为三千多米，河水犹如一支跑步疾行的大军，突然之间被就地解散，气势顿消，自由松散地漫向了下游。

晋陕峡谷的起点较为模糊，远不像终点那样简单明了。从河套平原到深深峡谷，中间有过渡，有起伏。世间事物大抵如此，发端起始总是隐隐约约，有一个较长的过程，而终结往往很简单，戛然而止，一目了然。晋陕峡谷起点究竟如何确定，颇费考量。

1979 年，黄河水利委员会组织了一次专业考察，之后编写出《黄河万里行》一书。其中"晋陕峡谷"一章这样写道："在托克托县河口镇，黄河受吕梁山所阻，掉头向南，犹如一把利剑，将黄土高原一劈两半，开出一条深邃的峡谷。从河口镇到禹门口，黄河在峡谷中飞流直下七百二十五公里，河面由海拔九百多米降到三百多米。"现从网上查询，晋陕峡谷的定义大都沿用这一提法，起于河口镇，止于禹门口，全长七百二十五公里。

然而也有一些地理书上说，从喇嘛湾开始，黄河正式转向南流，两岸开始有了岩石，喇嘛湾以上是沙河，以下是石河，喇嘛湾是晋陕峡谷开始的地方。

还有一些学者认为，从历史地理学和行政地理学的角度看，黄河在老牛湾与长城汇合，并肩携手走到天桥峡口，然后长城往东南奔宁武关而去，黄河则继续南流，由此进入黄土高原峡谷地带，所以，天桥峡是晋陕峡谷开始的地方。

三种意见的考量角度不同，各有道理。"河口镇说"主要

以上中游分界点为标志；"喇嘛湾说"主要以河中出现的石头为标志；"天桥峡说"主要以黄土高原和长城为标志。我则认为，晋陕峡谷上段是石灰岩地貌，其开始的地方当以两岸出现石灰岩峡谷为标志。

天桥峡位于山西省保德县和陕西省府谷县之间，其上游有龙壕峡，有老牛湾峡，从地形地貌看，这两道峡谷和天桥峡一脉相承，皆是石灰岩地貌，峡谷深度均超过百米，龙口水电站和万家寨水电站就在这两道峡谷之内。若单从人文历史的眼光出发，将龙壕峡和老牛湾峡切去，晋陕峡谷就好似一条壮汉被切掉了半个头顶，欠妥。

河口镇是黄河上中游分界点，黄河由此缓缓转向南流。河的西岸是库布其沙漠，东岸是一些黄土丘陵，六七里宽的河滩现在有一半以上被围成了良田，看不到半点峡谷的影子。晋陕峡谷若从河口镇算起，显然过早，有些牵强。

喇嘛湾又名君子津，在河口镇往下二十七公里处，黄河航运畅通时，这里是著名的大码头。船工们说，黄河在喇嘛湾以上是沙河，以下是石河。下游船只从满是激流断崖的石河里拉扯上来，船工们精疲力尽，总要在这里松一口气，休整一番，然后再继续上行。上游船只下来，面对晋陕峡谷内的一道道鬼门关，更需要停船检查备战一番，然后再放开胆子，冒了生死，冲向晋陕峡谷。由此看，将喇嘛湾定为晋陕峡谷开始的地方不算离谱。

2010年秋天，我们一行四人到河口镇、喇嘛湾一带转悠，寻找晋陕峡谷的准确起点。喇嘛湾里如今不见一只船，所见皆是运煤大卡车和一个接一个的修车铺子。黄河滩上有一些石头，两岸隆起了低矮的红色砒砂岩山丘，虽然已有了河谷的雏形，但还远不是峡谷。晋陕峡谷真正的起点在哪里？特别是那松软的红色砒砂岩从何处开始变成了坚硬的石灰岩？这是我们想弄清楚的关键问题。

我们顺着河东面的沿黄公路下行，边走边搜索。走出五六公里，到榆树湾村时，黄河两岸还是红色砒砂岩。继续往前走，突然间，发现车窗外的山体变了颜色，成了灰色。下车一看，砒砂岩已不在，眼前已是坚硬的石灰岩了，大自然仿佛变了一个戏法，转眼就将砒砂岩变成了石灰岩。我们几个大为惊讶，赶紧调转车头往回返，慢慢走，细细看，好似寻找一个秘密。

在一个长满大柳树的小沟口，我们终于看到了砒砂岩和石灰岩的交接。两种岩层紧贴在一起却又界限分明，同时向南倾斜。砒砂岩犹如一个疲惫不堪的使者，将桀骜不驯的黄河交给石灰岩后，自己累得都站不住了，就顺势靠在石灰岩上歇息。石灰岩一面扶住松软无力的砒砂岩，一面接过黄河，迅速向下延伸崛起。在靠近砒砂岩的地方，石灰岩受其浸染，有一点发黄，石质也有点松软。但一过那个小沟口，石灰岩立刻棱角分明，石质坚硬，山势也陡然挺拔起来。

几个人站在小沟口，看着两种岩层的交替，感觉突如其来，毫无道理，好像不应该是这样，但又说不出该是怎样，看了一阵以后，终于觉得也只能是这样。

在岩层交接点盘桓一阵，拍了几张照片，然后重新慢慢往下行。走了大约五百米，有一小山村，地图上标注是三道塔村，问村里人，正是三道塔，同时得知，砒砂岩与石灰岩交接的那个小山沟叫老虎沟。精确地讲，晋陕峡谷石灰岩是从三道塔村

祖望的黄河

附近的老虎沟开始的，站在三道塔向下望，大峡谷已巍然成势。一出三道塔，黄河就跌入了深深的石灰岩峡谷之中，再往前走五公里，已是万家寨库区，百米深峡内碧波荡漾。

　　晋陕峡谷开始的精确位置，并不在河口镇，而是在喇嘛湾镇以下十公里的三道塔村。若为好表述，喇嘛湾可以定为晋陕峡谷起点，这样，晋陕峡谷长度正好是七百公里。

2010 年

黄河渔事

黄河有好鱼，但在我的家乡保德县，人们守着黄河，对鱼却是浅尝辄止。至少在上世纪八十年代以前，大家没有把鱼当做正经吃的东西，更没有渔业这一概念。家乡老一辈人认为，吃鱼容易使人发疮痍疥癣之类的疾病，所以一般都不吃。我曾在碛口请教当地一位老人，他说碛口人过去也没有吃鱼的习惯。

在人们不大吃鱼的时候，黄河里鱼很多，捕鱼是一件十分容易的事情。特别是夏天黄河涨大水，河里"斗水七沙"，满河的鱼被泥沙灌昏了头，或者漂到河面上，或者退水时搁浅在沙滩上，人们可以像捡炭、捞河柴一样去捡鱼、抓鱼。

据说，1989年夏天的一个早晨，王家滩村的一个人扛着铁锹去黄河滩上浇地，正遇黄河涨大水。一个洄水湾里，密密麻麻都是被洪水灌昏了头的鲤鱼。这人就先不浇地了，改去捞鱼。他站在水边，举着铁锹，照准鱼脑袋一拍，顺势再一铲，

一条鲤鱼就摔上了岸。大约不到一小时，岸上就有了一堆鱼。这人把鱼装上手推车，拉到五里外的县城街头卖鱼。先卖五毛钱一斤，无人问津。减至三毛钱一斤，依然没有人买。到下午，鱼开始腐烂，散发出阵阵腥臭味，路人掩鼻而过。这人无奈，只好推着车返回，将一手推车臭鱼重新倒回黄河里。

早年间，黄河里看见门扇大的鲤鱼并不稀罕。夏天，太阳落山时候是鱼群觅食高峰期。落日余晖斜照下来，河面上波光粼粼。这个时候站在岸上看河，是一种享受。鱼群一边觅食，一边撒欢，一些大鱼会从河中心的浪尖上跳跃出来。鲤鱼出水身姿优美，宛若海豚跃起一般，待身体完全离开水面以后，尾巴还要甩上两甩。但它重新入水时就完全没了讲究，不是像海豚那样一道弧线钻下去，而是到最高点以后，完全放弃控制，任凭身体自由坠落下去，溅起一片老高的水花。

上世纪中叶以前，黄河上航运繁忙。船上有一禁忌，休息吃饭时，各种饭汤万不可倒入河中，否则会引来大群的鱼，在船底来回翻腾，使得船如同坐在了风浪上面。一些大鱼的尾巴把船板拍得啪啪作响，让人很担心船板会开裂。如果是在喇嘛湾以上的沙河中，半夜里大鱼弄水，掀起一层又一层波浪，能把沙岸一截一截淘塌，最后连拴船桩也淘入水中，使得船在黄河上偷偷流开，黑灯瞎火，十分危险。

保德人过去没有吃鱼的习惯，但偶尔也钓鱼。钓者当中，陈奇瑜名气最大。陈奇瑜是保德历史上官位最高的人，在明王朝风雨飘摇之际，他出任五省总督，统领山西、陕西、河南、湖广、四川的军务，受命围剿农民起义军。当年明月的《明朝那些事儿》里这样描写："陈奇瑜是一个近似猛人的猛人。作为大刀都扛不起来的文官，陈奇瑜同志有一种独特的本领——统筹。""崇祯七年（1634）二月，陈奇瑜上任，干了四个月，打了二十三仗，全部获胜。"

但"近似猛人"的人终究还不是"猛人"，陈奇瑜经过一番苦战，终于把李自成等人赶入了绝地车厢峡。但后来，他又把诈降的李自成等人放跑了。放跑的原因，众说不一，史无定论。但不管什么原因，对于明王朝来说，放跑李自成的后果极端严重。好在这一回朝廷还算开恩，没有砍头，只是把陈奇瑜革职，打发回老家来了。

在以后几年中，闲居老家的陈奇瑜心中一刻也没有安闲过。他眼睁睁看着自己亲手放跑的人把皇帝逼得吊死于树上，又眼睁睁看着清兵入主中原。痛苦无奈之余，陈奇瑜在离保德县城不远的晋陕峡谷的绝壁上开凿了一串石屋，人们称之为钓鱼台。陈奇瑜的孙子陈大德在《钓鱼台记》中这样描写："水石清幽，隔绝城市，轻鲦出水，白鸥矫翼。"站在钓鱼台上望出去，晋陕峡谷的雄浑景色直奔眼底，石壁下就是黄河，河里鱼很多，但估计陈奇瑜并无多少垂钓的心情。国破君亡，山河易主，作为大明王朝的忠臣重臣，陈奇瑜心中之痛，犹如九曲黄河水，回环不息。

虽有钓鱼台，风浪坐不稳。1648年正月，陈奇瑜因拒不削发而被清廷处死。其实头发只是一个借口，清廷想让陈奇瑜死，陈奇瑜也不想活了。

历史上，像陈奇瑜那样钓鱼的，保德县再无第二人。不说钓鱼台，过去保德人甚至连鱼竿也不用，用的是地钩。一条细绳上拴四五个挂着小青蛙的鱼钩，绳子一端拴一块石头，用力

抛入黄河，另一端固定在岸上。傍晚同时放下去四五条绳子，第二天早晨来收钩，一般都有所获。因为绳子固定在河边，所以人们把这叫做地钩。早先时候，绳子固定得较高，即使夜里涨了水，第二天早晨来河边也能一眼看见钓绳。后来人心不古了，有人开始偷鱼，未等下钩者来，先偷偷把鱼摘走了。于是逼得下钩者连绳头也一并固定到水中，只在岸上留一记号，除自己以外，别人再找不到。

早年间保德还有一个传说，马家滩村一个放羊汉，中午把羊群赶到黄河边的石檐下歇凉，自己钓鱼。一条细麻绳，一个自制的钓钩，上面挂了一只大青蛙。他既想钓鱼，还想睡觉，就把细麻绳拴在自己脚脖子上。睡梦中，一条大鱼咬钩受惊，直向河中心游去。放羊人翻身坐起，来不及解绳，慌忙与鱼拔河。拉扯半天，最后是鱼把人拉下黄河，一去不复还。这传说的真实性难以考证，但是，一条大鱼在河中与岸上的人展开拔河，胜负确实难料。

进入二十一世纪，人们吃得讲究，钓鱼的人日渐多起来。钓法也与外界接轨，不再用地钩，而是用起了一系列的新式钓法。

我的一位高中同学姓陈，是县委党校教师，温文儒雅，在黄河上钓鱼已二十多年，对这一行当研究颇深。他说钓鱼学问大得很，一辈子也悟不透。他说钓鱼有三等境界：初等境界是只看鱼，不看钓；中等境界是既看鱼也看钓；最高境界就是只管钓，不关心鱼，钓的是一种感觉。有时候半个月没见一条鱼，依然乐而不疲。陈同学自从迷上钓鱼，悟道很快，心境一片纯净，主动申请从技术监督局调到党校做了教师，平时衣食简朴，为人低调，持竿黄河，怡然自乐。听过他讲课的人说，陈老师的课，越讲越好听了。

陈同学对家乡这一段黄河水流和鱼的生活习性十分熟悉。他说，黄河鱼天生有一种避灾本能，比水库鱼机警得多。从初春到深秋，健康的鱼都是逆水向上游动，这是一种自然规律，"力争上游"这个词就是从鱼身上来的。只有受伤或体弱的鱼才偶尔向下游动。初冬时节，鱼开始寻找深水区潜伏，准备过冬。冬天水温低，鱼的身体也要僵硬一些，鲇鱼干脆就进入了冬眠。

二十几年前初学钓鱼，陈同学就不用地钩，他说那是一种原始捕捞方式，没意思。他先用旗杆做钓竿，细线小钩，钓上来的都是三寸长的俗称沙锥子的小鱼。体形不大，但数量多多，下钩就有，手脚一刻不得停。黎明下河滩，到七点半吃早饭，能钓到十斤左右。鱼小，但味道鲜美。

竹竿钓一段时间以后，换为玻璃纤维竿，再后来换为碳素钓竿。钓的方法也由传统钓改为台钓，说是由台湾传入的一种钓法，故曰台钓。

陈同学在黄河上钓鱼二十多年，收获多多，自称最难忘的经历有两次，其中一次堪称惊心动魄。

记不得是哪一年夏天，天未亮，陈同学就到了天桥水电站坝外。天桥水电站没有鱼道，下游上来的鱼到此无法继续上行，大坝下面又是排洪泄水冲出的深潭，好多鱼儿就聚集在此，这里便成了一个垂钓的好地方。那一日，陈同学放下钓竿以后，天才微亮。其时电站正在排沙，涛声轰鸣，河水变成了泥沙流。陈同学隐约看到脚下有什么东西，定睛细看，居然在两腿前方，趴着一条二尺多长的鲇鱼，显然是被泥沙灌昏了头。陈同学赶

忙放下钓竿，攒足力气，瞄准，双手往鱼头处一卡，但鲶鱼奇滑，没有卡住，溜走了。再往远处一看，整个黄河边上，四五斤大的鲶鱼密密麻麻排了一长溜，总共有五六百条。用手是抓不住的，赶忙抄起漏斗，一阵工夫就捞起了十七条。天大亮，电站的工人出来晨练，见有人捞鱼，就过来看热闹。一见河里鲶鱼成堆，大惊大喜，赶忙跑回去叫人找工具。大家拿上棒子、漏斗，但仅仅不到十分钟，鱼哗然而散。可能是电站停止了排沙，河水清了一些，鲶鱼呼吸不再困难，便游走了。陈同学钓鱼二十年，看见黄河里成堆的鱼仅此一回。

第二次是 1999 年，国庆刚过，陈同学大清早又到水电站下钓鱼。他坐在大坝外面的护堰上，同时放下去三支海竿。转眼之间，两支竿上就有了动静。起钩一看，都是小鱼。另一支竿却纹丝未动。陈同学就知道，这支竿下有大鱼。大鱼占据了这一片水域，小鱼不敢过去。他收起另外两支竿，耐心等待大鱼来访。

一直到中午，钓竿纹丝未动，小鱼也没有来咬钩。陈同学从行囊中取出仅有的一瓶矿泉水和一袋方便面，喝完吃完，继续守候。

下午，河边工厂一名炊事员出来，坐下和陈同学闲谈。大约六点，陈同学忽然看见鱼竿底部在慢慢离开地面，可是没有听见鱼铃响，以为是鱼线挂上河柴等杂物了，赶紧俯身握好鱼竿。扭头朝河里一看，并不见有河柴或什么东西挂到鱼线上。先一疑惑，继而猛然醒悟，是等了一天的那条大鱼咬钩了。陈同学一阵兴奋，赶紧收线，猛力作合。所谓作合，就是突然间猛力扯动鱼线，使鱼钩嵌入到鱼肉甚至鱼骨中间，防止鱼儿脱钩。作合时，陈同学但觉鱼线异常沉重，鱼钩好似挂到了河底。作合几秒钟后，那条大鱼猛力游动起来，鱼线被扯得直向河中心而去。陈同学赶紧放线，同时抖擞精神，调动十几年的垂钓经验，和水下的鱼展开了紧张的周旋。

鱼向外游，就徐徐放线，鱼一停顿，就赶紧收线，钓线一刻不松。二十多分钟后，大鱼往上浮起来一些，但依然不露面。陈同学先前曾在这里钓过一条15.3斤重的鲤鱼，却也只遛了二十多分钟就出水了。从遛鱼情况看，这一回上钩的鱼至少在二十斤以上，应该是一条鲇鱼。

炊事员听说钓住了二十多斤的大鱼，也兴奋起来，赶紧跑回去宣传，让人们来看稀奇。人传人，越传越玄乎，说电站坝下钓住了鱼王，拉不出来，放不走，钓鱼的人反被鱼钓住了。于是周围钓鱼的，电站工人，附近闲人，都来看热闹，围了有二百多人。

大坝下面，陈同学手举钓竿，一刻不停地遛鱼。先是扯锯般来回运动，继而变成转圆圈，再后来变成了绕八字。然而一个多小时过去了，那鱼始终不露面。看热闹的人走了一些，又来了一些。

晚上八点，天已经完全黑了下来。电站工人取来好几把加长手电筒，还有人取来抄网，准备帮忙。

八点四十分，鱼开始往上浮，好几束手电光如同探照灯一般，紧紧追逐着鱼线。鱼头出水那一刻，岸上的人一阵惊呼。但见鲇鱼头大如脸盆，两只鸡蛋大的眼睛在手电照射下闪着幽蓝的光。鱼嘴一张，足以吞下一个人的脑袋。

鲇鱼露头的一瞬间，陈同学心里一惊，但来不及细想，那

祖堂的黄河

鱼已在水面上一躬身，一摆尾，又扎入了水中。岸上的人议论纷纷，有人说不好，钓住鱼王了，有人说简直快成精了。说归说，大家的兴致更高了。

这次钓鱼的地形不利，人站在护埝上面，离水面有十几米，向上是水电站坝体，向下是一片树林，钓竿无法转移，人不好施展。

这时候，电站帮忙的人举着抄网下到了水边，兴奋地喊着，可以上鱼了。但陈同学知道，鱼或许能拉过来，可还没有到任人所为的地步，倘若正抄网时，鱼尾一扫，抄网者有可能被扫入黄河，弄不好还要出人命，这万万使不得。陈同学制止了抄网行动，继续全力以赴地遛鱼。

人和鱼斗到晚上九点多，鱼疲累，人更疲累。整整一天，陈同学只喝了一瓶矿泉水，吃了一袋方便面。此刻，下巴上的汗滴宛若房檐上的雨水，一个劲地往下落，人几乎要虚脱了。陈同学隐隐觉得，今天的鱼钓得有点邪乎，继续搏斗下去，是福是祸还真难料定。事有可为，有不可为，该放手时须放手。他抬起头，朝着看热闹的人们喊道："放了吧？"

有人赞同，大声喊："放了吧，钓上来恐怕要带害哩！"有人反对，大声喊："钓上来就创纪录了，少也能卖三千块！"

陈同学主意已定，他朝众人喊道："大家好好看一回，开开眼界，知道我曾经钓住这样一条大鱼就可以了，我要放生了！"

陈同学慢慢收线，鱼慢慢往上浮，终于，鱼被拉出了水面。大约有一米五长，尾巴扫动，好似一把特大折扇。岸上的人估计，这鱼大约在五十斤以上。遛了三个多小时，鱼也只是侧转了身子，肚皮还没有完全翻过来。陈同学拉着鱼，朝众人喊道："大家看好了没有？"上面的人大喊："看好了！"陈同学如释重负，用力一拉，鱼线断了。那鱼在水面上一个转身，一头扎下去，游走了。

陈同学后来说，虽然这一条鲇鱼没有钓上来，但收获很大。自己钓鱼，从初等境界上升到中等境界，是慢慢体会出来的。而和那一条大鲇鱼交手之后，有一种顿悟的感觉，境界一下提高了很多。

陈同学现在有一个愿望，就是游钓黄河。买一辆十几座的二手面包车，拆掉座椅放上床，改成一辆房车。春夏秋三季，约三两位钓友，带上灶具米面，沿黄河而行。或三里五里，或二三十里，随心所欲，在河边安营扎寨。垒三块石头支锅，挖几把野菜清炒，外加一条黄河鱼，美矣足矣。房车可以遮风避雨，高兴了还可以夜钓，优哉游哉。然而保德钓友虽多，能修炼到如此境界的暂时还没有。陈同学试探着问妻子可有兴趣，妻子说钓鱼不错，但不想去受那个罪。

陈同学也不急。长河落日的时候，他继续持竿黄河边。鱼线上拴的，已不再是青蛙蚯蚓之类，而是一些塑料做成的假鱼假虾。陈同学说，这叫路亚钓，是最新式的钓法。陈同学在水边摆动长长的钓竿，让鱼线上拴着的那些假鱼假虾在黄河中煞有介事地欢快游动，等待着某一条笨鱼来咬钩。陈同学相信，总有一天，会有钓友修炼到更高境界，和他一起开着房车，沿黄河而行，去垂钓一川大好风物。

2010 年

陈奇瑜和保德钓鱼台

　　从保德县城出发，沿黄河下行二十里，在晋陕峡谷西岸高耸的绝壁上面，有一连串人工开凿的石屋。石屋一共十几间，大小不一，高低错落，相互间或以石洞贯通，或用栈道相连，乡人称其为钓鱼台。

　　早年间乘船顺黄河而下，站立船头，远远就能看见半崖上那些石屋的窗户，黑魆魆好似一串神秘的洞穴。其时栈道已损坏，人从黄河里攀不上去，从山上也很难下来，十几个石屋悬在高高的绝壁上面，冷清得很。后来，沿黄河开凿公路，有几个石屋被炸入了河中。再后来，围河造地，钓鱼台下成了大片良田，人们可从下攀缘到石屋里面，一番整修，钓鱼台成了小小的旅游景点。

　　钓鱼台所以引人注意，是因了陈奇瑜。

　　陈奇瑜，保德城内人，明万历四十四年（1616）进士，先出任河南洛阳知县，以后仕途顺畅。崇祯继位时（1628），陈奇瑜任按察使，不久又出任陕西左右布政使。崇祯七年（1634）二月，农民起义大火燎原，陈奇瑜被崇祯委以五省总督重任，总揽陕西、山西、河南、湖广、四川五省军务，专门围剿起义军。

陈奇瑜上任四个月，指挥大小战斗二十三场，全部获胜。更让人惊叹的是，这位连大刀也提不起来的文官，统筹指挥能力甚是了得，到六月，他居然又将高迎祥、李自成、张献忠等三万多农民军赶入了陕西安康附近的车厢峡内。

车厢峡长四十余里，两面绝壁，好入难出。加之天公不作美，大雨连连，李自成粮草缺乏，弓矢尽脱，眼看就要完全失去战斗力。其时比孟获藤甲军被诸葛亮困在盘蛇谷，司马懿父子被困在上方谷的情势还要严峻。绝境中，李自成等使出了诈降计。陈奇瑜中计，将三万六千多农民军编成队，每一百人派一名安抚官护送，要将这些人遣散归乡，回家种地。不料农民军一出车厢峡，立即杀掉安抚官，重整旗鼓，攻州掠县，关中又大乱起来。

后来的结果是，陈奇瑜先被逮捕下狱，后于崇祯九年（1636）六月，判了一个流放，发配回了老家保德县。与同时期被崇祯毫不留情处死的诸多大将相比，陈奇瑜犯下如此大错而未被砍头，实乃大幸。

陈奇瑜放跑李自成的原因，历来众说纷纭。保德民间的说法是，李自成给陈奇瑜身边的人送了两个金夜壶，身边人就劝说陈奇瑜接受了李自成的投降。这和多数史料说的农民军贿赂收买陈奇瑜身边人基本一样，只是金夜壶俗了一些。

大约因为是老乡，我总是愿意把陈奇瑜想得好一些。我一度曾设想，陈奇瑜放跑李自成等三万多农民军，是否慈悲为怀，不忍下手？被围的农民军多数是陕北人，与保德县只隔一条黄河，能算半个老乡。加之陈奇瑜在陕西做过官，深知老百姓之苦，放他们一条生路，善莫大焉。但在细看史书之后方知，我这只是一种美好的设想与愿望。陈奇瑜虽为文官，但在任五省总督以前，围剿农民军就毫不手软。陕西好几十位有名的农民军领袖，诸如一条龙、扫地虎、草上飞、满天星、金刚钻、满天飞等，都倒在了他的手下。崇祯把五省总督大印交与陈奇瑜，也正是看准陈奇瑜围剿农民军既有手段，又卖力气。

车厢峡事件十年之后，李自成攻破北京，崇祯上吊。人们读到这段历史时，不由得要想，假如陈奇瑜在车厢峡不接受李自成的投降，而是发起进攻，结果将会如何？一些保德老乡甚至说，陈奇瑜差一点改变了明朝的历史。

果真如此吗？

假如陈奇瑜不接受投降而是发起进攻，结果不外乎两种：一是农民军大部被剿灭，李自成等少数将领突围而去；二是李自成等全部被剿灭。

假设李自成等少数将领突围而去，其结果肯定是东山再起。车厢峡事件四年之后，崇祯十一年（1638）十月，李自成在潼关南原遭洪承畴和孙传庭合击，伤亡惨重，最后仅凭十八骑杀出重围，逃入商洛山中。然而仅仅两年之后，李自成出山一呼，"闯"字大旗下立刻又人马云集，中原大乱。

倘若李自成被杀，结果是李自成以一个起义军领袖被写入史册，但农民起义的战火不会熄灭。杀了李自成，自有后来人。就像王嘉胤被杀之后有高迎祥，高迎祥被杀之后有李自成一样，农民军不愁无人统领。退一万步说，即使农民军不攻破北京，清军也会攻破，江山易主没有悬念。

李自成攻破北京，逼得崇祯上了吊，不是因为李自成太厉害。《过秦论》里说陈胜"瓮牖绳枢之子，氓隶之人，而迁徙之徒也，才能不及中人"，李自成的才能谋略大概比陈胜略高一筹，但还不足以建立一个新的王朝。李自成后来的失败，基本证明了这一点。说崇祯太无能，崇祯不承认，临死还急得说"诸臣误我"。《桃花扇》里众人唱："宫车出，庙社倾，破碎中原费整。养文臣帷幄无谋，豢武夫疆场不猛；到今日山残水剩，对大江月明浪明，满楼头呼声哭声。"唱词写得好，但也不准确。事实上多数大臣很努力，特别是不少武将，拼死疆场，堪称壮烈。

明朝败亡的原因多得一时难以说清，细细分析总结是历史学家的事，民间说气数已尽，说得非常好。

陈奇瑜戴罪归乡，以后几年里，坏消息一个接一个。眼看着国破君亡，山河易主，不知他是怎样一种心情。然而不管心情如何，除过对着黄河或叹息或呼啸几声之外，他不可能有什么作为了。

1645 年夏天，陈奇瑜买下了故城一带的山头，开始在绝壁上开凿石屋。其时，崇祯上吊已经一年多，李自成的大顺政权也已败亡。陈奇瑜的孙子陈大德后来在《钓鱼台记》中说，祖父开凿钓鱼台，为的是避乱。

这是一项宏大艰巨的工程，石壁下面是滔滔黄河，搭不成脚手架，人只能从山顶悬索而下，先凿石窝，安木楔，架栈道，然后再逐步架设工地。砂岩如磐，石质坚硬，没有先进工具，全靠人一锤一錾敲打。据说当时工匠用凿下的碎石渣计算工钱，

一升石渣换一升米。工程艰巨，可见一斑。而今虽历经三百多年，但石屋墙壁和顶上，錾子的凿痕依然清晰如初，梳子梳出来一般。

叮叮当当的锤錾声在黄河上空响了两年多，钓鱼台工程才宣告结束。石屋一共十几处，有书房、卧室、仆人居住处、会客厅、储藏室，甚至还开凿了一个吕祖仙祠，供奉着吕洞宾塑像。最下面的石阶上，还凿了一眼水井。倘若二三十个人住进来，与外界隔绝，三两个月可保无恙，确实是一个避乱的好场所。

钓鱼台工程结束这一年，南明也已败亡，陈奇瑜再无顾眷，能守护的唯有家乡的山水而已。他在钓鱼台上题词："黄河以为池，勿用凿也；青山以为城，勿用筑也。"家务之余，他也常到这些石屋里居住几天。站在石屋里凭窗而望，脚下黄河浩浩，对岸秦山逶迤，令人心境辽阔。可惜好景不长，没多久，又一轮剃发令传来，陈奇瑜坚拒不从，于1648年正月被清廷处死。

陈奇瑜之死在《明史》中记述不详："后聿键自立于闽，召奇瑜为东阁大学士。道远，未闻命，卒于家。"唐王聿键在福州即帝位是1645年夏天，正是陈奇瑜开始修凿石屋之时。兵荒马乱，福建的诏书，终究未能送达保德，或者说送到了，但陈奇瑜难以赴任。《明史》为清朝所修，清廷不想承担处死明朝遗臣的恶名，就含糊着用"卒于家"三字为陈奇瑜做了结论。以后不少人根据这段记载，把陈奇瑜"卒于家"的时间算在了1645年，比实际时间早了三年。

陈奇瑜死后，葬在离钓鱼台十多里的一座山梁上。墓地坐南朝北，面对黄河。从残存的石雕以及台基看，墓的规模不小。历经三百余年，墓地已破败不堪，石碑、石人、石马、石狮等都被打碎，有的散落坡下，有的垒了梯田堰。陈奇瑜的后人，有的外出做官移居他乡，留在本县的，因为族谱散失，不好考究，只有牧塔村陈姓有据可考，乡传是陈奇瑜的后代。

2010 年

祖茔的
黄河

王嘉胤故里行

山西省保德县与陕西省府谷县隔黄河相望，明朝末年，两县各自走出一位颇具影响力的历史人物。一位为埋葬大明王朝挖开了第一锹土，另一位差一点挽救大明王朝于既倒。

王嘉胤，府谷县大宽坪村人，崇祯元年（1628）率先揭竿起义，点燃了明末农民起义第一把火。陈奇瑜，保德县城内人，崇祯元年出任按察使，崇祯七年（1634）二月任五省总督，专门围剿农民起义军。同年六月，将李自成等围困于陕西车厢峡绝地，差一点就推迟明朝的败亡时间。

大宽坪村与保德县城都在黄河边上，隔河相距二十多公里，虽说分属秦晋两省，但王嘉胤和陈奇瑜可以说是老乡。

明朝末年，天灾人祸，到崇祯即位时，天下大乱。轰轰烈烈的农民起义首先在陕西爆发。史书记载，最早揭竿的是白水县农民王二（1627），紧接着就是府谷县的王嘉胤。虽然王嘉胤起义比王二晚一年，但在 1628 年冬天，王二就率队投奔了王嘉胤。此后，高迎祥、李自成等先后都投到王嘉胤旗下，历史学家普遍认为，王嘉胤是明末农民起义的早期首领。

王嘉胤祖籍山西省偏关县，其先祖于明成化二年（1466）移居到府谷县。王嘉胤家境贫寒，十几岁失去双亲。他当过边兵，做过长工，下煤窑掏过炭，居无定所，直到起义时还是光棍一条。起义后的第三年，即1630年，王嘉胤旗下人马好几万，身边将领一百余人，军中还设置了左丞右丞等官职。这一年八月，王嘉胤抢了府谷县尧峁村张姓人家的闺女为妻。张家为府谷县望族，闺女被贼寇抢去做了压寨夫人，张家认为是奇耻大辱，发誓要报仇。王嘉胤娶媳妇，结亲结成仇，埋下了祸根。

1631年夏天，延绥副将曹文诏在山西阳城重兵围攻王嘉胤，同时收买了王嘉胤的妻弟张立位。张立位来到王嘉胤处，通过其姐姐周旋，取得王嘉胤信任，做了王嘉胤的帐前指挥。其后张立位引诱义军将领王国忠叛变，不久，二人合谋趁王嘉胤酒醉杀死了他。王嘉胤未留下后代，本人的出生年月也无可稽考，史书说其遇害时四十余岁，以此推断，其出生大约在1590年。王嘉胤从起义到被杀只三年时间，但他点燃的起义烈火最终焚毁了大明王朝。

2011年9月14日，我和几个朋友到府谷县宗常山上参观王嘉胤纪念馆。

宗常山地处陕、晋、蒙三省交界处，山上有一座始建于明代的真武庙，规模宏大，香火旺盛。事前已经知道王嘉胤纪念馆就设在庙内，但转了半天，却没有找到。问院里一个老汉，他抬一抬手，原来我们就站在王嘉胤纪念馆前，只是上面的牌匾被前面又一重房檐挡住了，不易发现。

严格来说，王嘉胤纪念馆还称不上是一个纪念馆，只有一间房，里面一尊塑像，墙上有一些壁画，大概是讲述王嘉胤起义经过的。门锁着，只能从门缝里观察拍照，不知那尊塑像什么材质，也看不清壁画的详细内容。我有些失望，比原来想象中的简陋了许多。

纪念馆让人意犹未尽，10月的一天，我们再去探访王嘉胤故里。

大多数史料记载，王嘉胤是府谷县小宽坪村人，但府谷县从学者到民间都认定王嘉胤是大宽坪村人。大、小宽坪村相距虽然不到五里，但大宽坪村的人全部姓王，小宽坪村则一律姓杨。我们相信本地人的结论，前往大宽坪村。

大宽坪村离保德县城不远，先沿黄河上行，从禹庙处过黄河，到黄甫镇上山即是，全程二十多公里。

路经黄甫镇时，遇到一名五十多岁的村干部，说起话来滔滔不绝。我们问他如何看王嘉胤，他说王嘉胤是农民起义领袖，威风着哩！

上到大宽坪村，村口便是村委会的一长溜房子，靠墙处有一座2011年新立起的石碑，上刻"明末农民起义领袖王嘉胤故里"。

大宽坪村地形如其名，是在山顶一个宽大的黄土坪上，坐北向南，四面无依无靠，无遮无拦。史料记载，这个村子形成于明朝初年，现在全村三百多口人，常住一百来口人，都在五十岁以上。村民以务农为主，有些人在河川里的工业园区干活。村里照例没有学校，娃娃们都走了，有的进城，有的到黄甫镇上念书去了。

村口碰见几个老汉，问起王嘉胤的故居，他们笑答，几百年了，早没了。

说到王嘉胤，一位老汉说那是起义军领袖，我们村庙里有碑，碑上有王嘉胤。在村里转悠，遇到一位五十来岁的中年人，攀谈当中，我们说如能看看府谷县一位老先生写的《王嘉胤评传》就好了，不料想他说，他家就有，原来碰到的这位是村主任。村主任热情邀请我们到他家做客，说2007年府谷县张育丰老先生写的《王嘉胤评传》出版后，送给大宽坪村一部分，每户发一本后还有剩余，可以赠送我们一本。告别时，我们给村主任回赠《黄河往西流》和《文史资料》二书。

大宽坪村的东南角上有一座新修复的庙，碑记上说，原是一个很小的龙王庙，不知始于何年，今年在原规模上加盖了戏台，做了钟鼓亭，起了围墙，搞成了大约有两亩地大的一个院落。庙内有碑，碑文开头几句努力展示着文采：

黄甫镇大宽坪村，左盘卧龙，龙势腾飞夺天时；右踞虎沟，虎啸神威占地利。古之名寨，豪杰辈出；榜眼朝臣王时通、义军领袖王嘉胤，俱为本村人氏。

这里所说的王时通是清朝康熙年间的榜眼，做过御前头等侍卫。王时通在年代上比王嘉胤靠后，名气和影响也都没有王嘉胤大，但村里人在立碑时还是把王嘉胤放在了王时通之后，体现了人们的一种价值观念。

王嘉胤和陈奇瑜为同时代人，故里相邻，年龄相近，一个

是起义军领袖，一个是镇压起义军的五省总督，三百多年了，二人皆成历史。如今保德县将陈奇瑜的钓鱼台规划开发成旅游景点，府谷县则为王嘉胤建起了纪念馆，可以算是名人效应的延续吧。

2011 年

河口镇哪里去了

举凡读过几本书的人都知道，内蒙古有个河口镇，是黄河上游与中游的分界点。近百年来，河口镇被写入教科书和各类地理书籍中，名气稍逊于黄河。然而这样一个国人耳熟能详的地理坐标，现在居然给弄丢了。在内蒙古行政区划名单中找不到，连网上也找不到。

河口镇哪里去了？我曾请教一位熟悉黄河的朋友。他回答说，可能是被大水冲走了。既然已被大水冲走，那教科书上就该写"旧河口镇"，就像中下游分界点写成"旧孟津"一样，可至今教科书和各种地理书上都没有补充"旧"字。由此我想，河口镇应该在，只是名字给弄丢了。但转而再想，作为母亲河上的一个节点，河口镇这个名字何等重要，哪有稀里糊涂就给弄丢的道理？天下地名千千万，有些地名可以随便改，但有些地名绝不能变，其道理不言而喻。

带着诸多猜测和疑问，2010年9月4日，我与三位朋友

专程从保德县前往内蒙古托克托县寻访河口镇。

大清早出发，沿黄河而上，穿天桥峡，绕娘娘滩，过龙口大坝，中午十二点抵达喇嘛湾。一路上河水滔滔，峡谷深深，领略不尽的大好景色。过了喇嘛湾就是托克托县地界，先路过一个气势非凡的工业园区，据说建有亚洲最大的火力发电厂。八车道的大街旁边，还有好大一个黄河明珠广场和一个五星级宾馆，气派不亚于省会城市。

工业园区既已如此宏大，我们想象托克托县城也一定街道宽广，高楼林立。但进入县城一看，街道远没有工业园区的宽，沿街楼房最高七层，路上人与车也不算多，然而所见皆整洁如新。

原以为托克托县城也和保德县城一样，紧挨着黄河，以为在街头散步就能看见黄河，沿黄河信步就能找到河口镇。但实际情况和想象中的大相径庭，站在托克托县街头，连黄河在哪一个方向都不知道。无奈之下，我们只得照着街头一块旅行社广告牌，电话约请了导游。

下午三点，导游准时来到宾馆，是个二十来岁的姑娘。不等我们开口，她就热情介绍托克托县的景点，有神泉度假中心、古城墙、酒厂等。我们说这些先不看，主要是看黄河上中游分界点，看大黑河，看河口镇。姑娘一听紧张起来，说早知客人要看这些地方，该叫老头子来，老头子对托克托县历史了解多，自己对河口镇、大黑河等一点也不熟悉。话毕，她连忙给旅行社打电话，说客人是研究水利的，最好能找老头子来。但旅行社说老头子联系不上，于是姑娘不好意思地对我们说，只能边走边问了，但愿半路上能遇到老头子。

姑娘对河口镇和大黑河没有概念，只依稀知道在黄河下游不远处曾有一尊塑像和一座石碑，现在塑像已经搬回县博物馆，碑可能还在。我们猜想那可能就是黄河上中游分界点，决定先到那里去。

出宾馆往西，穿过托克托县旧城，下坡来到黄河滩上。朝下游走不远，遇一岔道，路标指示是河口村。我怀疑此即河口镇，就开车往村里去。姑娘说这个村子她从来没有进去过，估计不会有什么景点。快到村里时，原本破烂不堪的柏油路又变成了土路，村里的房屋看上去低矮陈旧，丝毫不像是古镇，也不像有好东西藏在里面。于是我们掉头返回，继续沿黄河往下走。

走了大约十公里，路旁有一处新建成的景点。一面黄土坡上建了几座亭台楼阁，最上面立着一尊武士塑像，还有一个很夸张的龙头。琢磨一番，弄不懂什么意思。景点毫无特色，没有游人，也不需要买票，好处是地势高，可以登高看河。

站在黄土坡的最高处，举目眺望。但见黄河浩浩漫漫，从西北而来，往正南而去。河对岸是库布其沙漠，沙丘起伏如波涛。用望远镜看，沙漠与黄河交汇处也看不到岩石，黄河就那样抚着沙坡流过。沙漠与黄河，两样东西都力量无穷。黄河暴怒起来自不必说，沙丘滚动起来也惊天动地，势不可挡。几十万年间，沙与河反复较量过无数次。河淘走了无数的沙，沙吸收了无数的水，但最终沙漠没有掩埋黄河，黄河也没有卷走沙漠。河还是河，沙还是沙，依依相守到如今。

在我们登高看河的时候，导游姑娘打了一连串电话，终于把问题搞清楚了。原来河口镇、分界点石碑、黄河母亲雕像、大黑河旧出口，全都在一个地方，就是我们走到中途又退出来的那个河口村。

要寻找的地方有着落了，路程又不远，我们也就放下心来，先不忙着上河口村，继续在黄河滩上盘桓。没有高山峡谷的束缚，黄河展现出柔美的风姿，让我们这些自幼看惯晋陕峡谷的人甚感新鲜。

这里的河滩很宽，我估计不出来有多宽，就请搞土地测量的一位同伴来看。他前后左右打量一番，又用力往对岸望了一回，说有七八里宽吧。河对岸是库布其沙漠，河这面是一系列低矮的黄土山丘，七八里宽的河滩现在大约有一半被围成了地，玉米秆墨绿，向日葵金黄，丰收在望。往昔，这整个河滩都是黄河自由行走的地方。在如此宽阔的河滩上，不管黄河水有多大，都能放开手脚，舒卷自如。既然自由未受限制，黄河也就不像在天桥峡、壶口、龙门那样总发脾气。这一段黄河是温顺的。黄河万里，在河套地段束缚最少，流动得最为自由舒畅。"黄河百害，唯富一套"，仿佛是黄河给予自己最大自由地段的一种回报。

看河之际，西边天空有黑云涌过来，接着响了几声雷，却也并未落下雨来，我们上车往河口村返。

当我们上到河口村时，却见一阵大雨刚刚结束。河口村的街巷都未硬化，地上雨水横流，满街泥泞草屑和羊粪。行到一个岔路口，前面横着一个大水坑，正要停车问路，附近两个妇女已经友好地挥着手，朝我们大声喊道："过吧，那水不深！"河口村街道不整洁，但村民古道热肠，很友好。

沿着两位妇女指的路，我们涉过水坑，穿越大片庄稼地，来到了黄河边上。

黄河上中游分界点就在眼前，但与想象的又有些不一样。四周没有一个游人，空旷的河滩上立着一尊黄河母亲雕像和一座巨大的标志碑，离河水二百来米远，好像比河面也高不出多少，让人有些担心大水会漫上来。早先的黄河母亲为石膏塑像，年长日久，几近损坏，后来收回县博物馆去了。现在的汉白玉雕像是1995年由托克托县政府所建造的，一位母亲带着一个小男孩，和兰州的黄河母亲雕像甚为相似。

以标志碑为界，往上到黄河源头三千四百七十二公里，是为上游；往下到河南旧孟津一千二百零六公里，是为中游。黄河流经这个人为的分界点时毫不介意，浑黄的河水打着旋涡，发出轻微响声，不舍昼夜而去，未因分界而有任何变化。倒是人站在河边有一种别样的感觉，上下反复张望，好像太过简单了一些。眼前长河漫卷，野旷天低，心中怆然若失，苍茫寂寥。想起了一些遥远的事情，但又不知从何说起。

标志碑上，除记录此处是大黑河入口、黄河上中游分界点以外，还有这样一段话：

河口，史称君子津。关于君子津的故事，郦道元在其《水经注》中有详细记载，大意是：洛阳富商带着金银财货夜间从对岸渡河，过河后，暴病而亡，船工将他掩埋。其子前来奔丧，见随葬金银丝毫无损，于是把一半送与船工，船工却坚持不受。汉桓帝听闻此事后说："真君子也！"便将这里命名为君子津……

在《水经注》里，掩埋富商拒受馈赠的是津长而不是船工，大约是怕人看不懂，碑文把津长译成了船工，不太确切了。

河口村下游二十七公里处是喇嘛湾渡口，当地人也称其为君子津，讲的是同一故事。到底哪一个正宗，不好考究。因为《水经注》里故事结尾如下："事闻于帝，帝曰：君子也！即名其津为君子济，济在云中城西南二百余里。"

云中城现有遗址，但"城西南二百余里"实在不好定位。古人没有测距仪，里程本来就是一个概数，郦道元又在"二百"后面加了一个"余里"，君子津的确切位置就只能是模糊不清了。君子津是美德的化身，两个地方都想把君子津据为己有，这是好事，希望两个地方都能把君子的美德传承下去。

导游姑娘一路上打电话，问路线，十分努力。看过雕塑和标志碑以后，她如释重负，很快乐。我从车里取出一本《黄河往西流》赠与姑娘，姑娘一看，乐得跳着说："原来你们不是搞水利的，是作家啊！"翻了几页，她又说："你喜欢路遥，我也最喜欢路遥，最爱看《平凡的世界》。导游费不要了！"看她天真快乐的样子，我们都笑起来。

黄河母亲雕像附近住着一户人家，主人老黄六十四岁，祖籍山西，但不知是哪个县的，反正是走西口来的。老黄说，过去大黑河入口就在雕像附近，现在改道到上游去了。过去黄河水大，大黑河也水大，河口镇夹在两河交汇处，常常被淹。说到河口镇的历史，老黄有点激动起来，大声说道，过去只有河口镇，哪里有个托克托县城？河口镇过去住着三四万人，河里有船，街上有车马，货物堆山，繁华热闹得很。随后，他叹一口气说道，现在不行了，冷清了，只剩下两千多人了。我问平时游人多不多，老黄说不多，星期天有人来，多为呼和浩特市的。

看罢雕像，我们又仔细看了一回黄河，然后掉转头，去寻找大黑河故道。原来是两条大堤围起来的一条河道，现在已被分割成了几段，一段做了鱼塘，另几段种了蒲苇。这也与想象中的河流相去甚远，没气势。

回到河口村，在街上与几个村民闲聊。我说这里是古镇，那些旧建筑都哪里去了？村民们说，日本鬼子轰炸了一部分，"文化大革命"期间砸毁了一部分，前些年村民建新房又拆了一部分，现在没有旧建筑了。村民们说，河口镇原来有头道街、二道街、三道街、后街，有龙王庙、禹王庙、真武庙、关帝庙、奶奶庙、五道庙、财神庙，河堤上还有两个河神庙。现在只有龙王庙前的两根蟠龙旗杆因是生铁铸的，没有毁坏，这也是河口镇最后一点古迹了。

河口村面积不小，基本保持了昔日河口镇的规模，只是街道破烂，人气不旺。昔年繁华犹如黄河水，一去不回头。

离开河口村，我们沿黄河而上，去寻找改道后的大黑河。

大黑河，古称敕勒川、黑水，全长二百三十六公里，洪水最大流量可达每秒两千立方。因河水中携带大量森林腐殖层物质，浑浊而色黑，故称大黑河。昔日，河口镇夹于大黑河与黄河之间，虽然镇上为龙王、禹王、河神都建了庙，但每到汛期，人们依然很紧张，被淹掉的时候也不少。1979年，大黑河被半道拦截，从河口村上游十来里的地方提前归入黄河，河口村自此无水患。

沿黄河上行，很快就找到了大黑河，但不是想象中的样子。

我在保德长大，看惯了高山峡谷，一说河就会想到河两面的山。眼前的大黑河被不算高的两道土堤夹在中间，根本没有河的样子，更像是一条引黄灌渠。河水是黑色的，但可以肯定地讲，那黑色已不是来自森林里的腐殖质，而是工业污染。站在河堤上，我们闻到了河水散发出的刺鼻气味。

傍晚回到宾馆，导游姑娘真的不要导游费了。我们好说歹说，才把事先和旅行社说好的五十元导游费交到了姑娘手中。

实地看过河口村，晚上再翻阅《托克托县志》，方知河口镇的历史远比想象的还要坎坷复杂。

河口地处水陆要冲，辽金时期就是货物集散地。乾隆元年（1736）官府批准河口囤积转运盐碱，商业随之发达。嘉庆十二年（1807）河口正式命名为镇。鼎盛时期，镇上有大小商家二百多户，船工一千多人，养着商船二百余艘。此外，镇上还熬盐、制碱、造车、造船、捕鱼，还有专门招待朝廷钦差使者的朱府一座，收税机关一所。黄河里商船云集，街道上车马纷纷，酒楼店铺里人声鼎沸，俨然一个小都会。虽然道光三十年（1850）黄河决口，镇子被淹，损失严重，但众商家一齐努力，不到三年，古镇繁华依旧。

河口镇的繁荣一直持续到光绪末年。民国之后，兵连祸结，百业凋敝，古镇迅速衰败。到1937年被日本侵略者占领，古镇更是跌入了劫难的深渊。山河破碎风飘絮，身世沉浮雨打萍，民不聊生之余，河口镇连名分也丢了。

1938年10月，托克托日伪县政府成立，将原来全县五个区下属的四镇（包括河口镇）一百一十九乡改为一镇（托城镇）十乡，河口镇从此变成了河口村。抗日战争胜利后，托克托县行政区划有过一些小变动，但河口依然是村。新中国成立后，河口村成为中滩公社下属的一个大队。再后来，中滩公社改为中滩乡，中滩乡又并入了双河镇。昔日的河口镇，而今是双河镇的一个行政村。

河口镇繁华百年，而后又落寞百年，如今留存的，除了黄河分界点的盛名之外，还有就是那一对由山西人铸造的蟠龙旗杆了。

头一天我们急着去寻找大黑河，没看蟠龙旗杆。第二天上午八点，我们重回河口村，参观这百年古镇的唯一遗迹。

旗杆被围在一个正方形院子里，大门两侧有两间小耳房，大门洞内放一石碑，上刻"县重点文物保护单位——龙王庙蟠龙旗杆　托克托县人民政府　1991年"。进了大门，但见两根蟠龙旗杆相距大约六七米，犹如两个巨大的惊叹号直插云天，旗杆底部水桶一般粗。当年，这两根旗杆威风凛凛地守护着龙王庙，而今庙没了，只有旗杆还坚定地站立在原地，历经一百四十八年而不倒。不知当年这旗杆上悬挂什么旗帜，单看旗杆，就让人感到一种肃穆与威仪。倘若不作说明，今人会以为这是两尊铸铁雕塑，很难想象这居然是庙门前的两根旗杆。

看门老汉姓周，七十五岁。他给我们讲述，旗杆由山西商人于同治元年（1862）铸造，三丈六尺五寸高，表示一年三百六十五天，原在龙王庙前，"文化大革命"期间拆了龙王庙，单剩下了这对蟠龙旗杆。

蟠龙旗杆不同凡响，造型坚固，组件繁多，当年河口镇的繁华与气度尽显其上。名曰蟠龙旗杆，最抢眼的自然是龙。两根旗杆中部各铸巨龙一条，张牙舞爪，活灵活现。巨龙上方的

玲珑斗上，每面又铸着镂空雕龙两条，四面一共八条，加上巨龙，每根旗杆九条龙，两根旗杆十八条龙。旗杆上还有一副对联，称颂龙王爷："海晏河清威灵著绩，风调雨顺亿兆蒙休。"我们看得认真仔细，老周也来了兴致，清一下喉咙，一鼓作气给我们背了一大段顺口溜，但有一半没听清。好在后来从《托克托县志》上找到了底本：

> 河口镇，生铁旗杆本爱人，双和店财东榆次人，太原府里请匠人，正月起工七月成。竖方斗，四方亭，八骏马，真威风，琴棋书画有功名。左面筑的暗八洞，一对花瓶往上引。玲珑斗，做得精，一面铸有两条龙，四面铸着八条龙，生铁旗杆十八条龙。旗杆顶头风磨铜，一面挂着四个铃，两面共有八个铃，大风刮起响连声，顶如北京的景阳钟。

看罢旗杆，给了老周二十五元，老周大喜，说了一大篇身体健康、一路平安、欢迎再来的话。我们上车后，老周认真锁上大门，高举一只手和我们道过再见，然后重新坐到了大门外。

原以为，河口镇名字弄丢，是近二三十年的事。原以为，河口镇只要没被黄河吞没，纵然衰落也底蕴犹存。船烂了还有三千钉子在，更何况是一座繁华百年的古镇。不承想河口镇早已找不到昔日的半点风采，看到的，只是一个满街草屑和羊粪的旧农村。

在距河口村十来里的地方，我们看到路边正在新建几座宏大的仿古建筑，好像是城堡和庙宇，大概是新开发的旅游项目。我想，与其花钱捣鼓这些，实在不如把河口村修复一下。

离开河口村，我们顺黄河而下，边走边观察。黄河在河套平原上一路漫卷向东，从河口镇开始，缓缓转向南流。河口镇往下二十五公里处是大石窑村，两岸开始隆起了低矮的红砂岩山峦；往下二十七公里处是喇嘛湾，是著名的黄河古渡口；往下三十公里处是老虎沟，两岸低矮的红砂岩陡然变为了险峻的石灰岩，是晋陕峡谷的真正起点，黄河由此开始变得暴烈起来。

从河口镇到老虎沟，短短三十公里，黄河出现了巨大的变化转折。从地理学的角度看，在这一段上任选一点都可作为黄河上中游的分界点。当年之所以选中河口镇，大约主要是鉴于河口镇的名声吧。

河流出口处，往往是天然良港，货物集散，慢慢就形成了集镇。全国叫河口镇的地方有三十多个，然论名气与地位，没有哪一个能与内蒙古的河口镇相提并论。因为她是母亲河上的坐标点，不但写入了史册典籍，而且也深深地标注在了一代又一代国人心中。其他那些河口镇把名字全丢完也不打紧，唯独这个河口镇的名字不能丢。

2011 年

访碛口

2010年6月5日，我们一行四人从保德县启程，沿黄河而下，去探访碛口古镇。

最先听碛口故事，是早年采访保德县一些老艄公。他们说碛口所以能成为一个大码头，全靠了大同碛。湫水河从东冲入黄河，携来大量泥沙石头，堆积形成了大同碛。这一架碛体量庞大，犹如在黄河上打了半座坝，拦得上游水流变缓，正好泊船。碛上则乱石林立，巨浪翻滚，船只过碛稍有偏差便撞个粉碎。一般船只到此也就不愿再冒险，卸货上岸，转为陆路运送。而此地离太原晋中恰好不远，水陆两头便利，碛口便成了一个货物中转地。

大同碛虽然凶险，但也没有到断航的地步，除过当地老艄能流船过碛，少数外地通河老艄也能把船放下去。当年保德县就有梁三和吕招财两个老艄能流过大同碛。

我们上午八点从保德县城出发，沿着山西新开的沿黄旅游路，紧临黄河往下走。路况不错，很多地方时速能达到七八十公里。沿路看了黄河两岸一些景点，直到下午四点才抵达碛口客栈。看看里程表，二百一十五公里。老艄们说，保德到碛口水路四百八十里。当年黄河上惊涛骇浪，沿河连一条通达的人行小路也没有，真不知老艄们是如何丈量出这段水路的。

碛口作为黄河上一座名镇，又是旅游旺季，游客显然太少。临黄河的老街上，不时有拉煤大卡车驶过，轰响如雷，把碛口听涛的美景震得粉碎。

在碛口客栈大门前刚停车，就迎面走来一个七十多岁的老汉，仿佛专门在碛口街头等着我们。他头戴遮阳帽，胸前挂着导游证，嘴边横着小话筒，斜背一只小喇叭，全副武装，自称姓张，是我们的导游。

我们进店登记住宿，导游老汉提出几个行动方案供我们选择。我戏问老汉，当导游需要什么文凭？老汉自称是老高小文化，碛口长大，是碛口街上的"活字典"。

我手中拿着一本临县郭丕汉先生赠送的《黄河古镇》，就问老汉，认识不认识郭丕汉先生？老汉说，认识，是朋友了，他曾经向我问过不少问题。于是大约五点，我们在这位"活字典"的带领下，开始沿古镇的石板小巷游览起来。

老汉的口音有点不好懂，地道临县话再用普通话强行扭正，老汉说得吃力，我们听得更吃力。老汉知道自己普通话不过关，手里就捏了半截白粉笔，游客实在听不明白时，他就用粉笔写

到旁边的石头上或者石墙上。碛口老街的石头上、墙壁上，甚至脚底下的石板路上，时不时能看到老汉写下的字。平心而论，老汉的字要比他的普通话好得多。

沿街行，老汉边说边写，忙个不停。他说碛口原来有三道街，二十世纪三十年代被大水推走两道，现在规模小了很多。走过老街，在一间古店铺门头上方，看见一块"说唱古镇"的牌匾，老汉说这也是碛口的一张名片，盲人张树元的三弦，凡来旅游的人都要听听。我们说那就晚上来听吧。

到西湾民居参观时，老汉在一个大门口解说，从大门里出来一位中年男人，笑着说道："我们老张的普通话说得真好哩！"众人大笑。

导游老汉曾经问我们听不听得懂，同伴满口答应听得懂。老汉指着一个旧店铺说："这是一个鞋鞋店。"同伴听不明白，说："鞋还不是一只鞋，怎就是鞋鞋店了？"再看门上的字牌，才知道是海鲜店。

西湾民居处，老汉指着一片月季地说，这里是花椒。同伴瞪大眼睛道："明明是月季，怎就成了花椒了？"老汉走前几步，指着一个黑咕隆咚的井口，又在旁边一块石头上写下"花窖"二字，原来下面是花窖，冬天放花的地方。

网上描述的碛口景点很多，我们所看也没有特别之处，古街道，旧店铺，西湾民居，黑龙庙，此处不再赘述。

傍晚在碛口客栈的观河台上用餐，脚下就是浩浩黄河，别有情趣。

晚上九点多，我们去老街听张树元的三弦。碛口只在临黄河那一条街上有几盏路灯，通往张树元家的小街漆黑一片。同伴打开手机照明，跌跌撞撞，好半天才摸到那间旧店铺前。窗户上黑洞洞，估计老人已经睡下了。我们大声朝里面喊，睡下了吗？听书来了。里面回应道，一天没生意，已经睡下了，这就起来。

片刻，老人起来开了门。我们进屋，说明来意。老人为迟来的生意高兴。他摸索着穿好衣服，又从一个包里掏出竹板、小镲，在床上坐好，准备为我们说唱。

老人已经八十四岁，精神还可以。我还是头一回见说唱人如此装扮，左手拢着三弦，右手除过拨琴弦以外，指间夹着的竹筷还要敲打右大腿上绑着的小镲，左边小腿上绑着竹板，这样三弦、竹板、小镲就成阵势了。

老人问过我们姓什么，要听什么。我们报过姓氏，说就听《说唱碛口》吧。老人说所以问姓，是要在说唱开头按惯例奉承客人几句，然后才转入正文。

老人开口一唱，声音比我想象的洪亮很多，可惜只听清了前面四句道白：

天上星星拱北斗，地下古镇唱碛口。

物阜民熙盛名有，河声岳色秉千秋。

后面的唱词大部分没有听清，中途好像听到"神木府谷保德县"，但下文依旧没听清。

唱了二十来分钟，说唱碛口毕，转入闲谈。问老人每天有多少人来听，他说不一定，今天就你们这一批。问唱一次给多少钱？老人说没有定数，有的二三十，有的四五十，遇到特别的，给一二百也是有的。我们留下五十元，老人称谢，我们就告辞了。

第二天早晨五点就被院子里鸟噪所惊醒，起床收拾，去参观土林和李家山。

土林让人大失所望，原以为是一大片，却不料就那么几根。附近枣树地里一位男子看我们失望的样子，就发牢骚说："原来可多了，不好好保护，这几年都塌完了！"我笑着说："那如何保护啊，难道能给土林穿塑料雨衣？"那男子说道："可以往上面喷防水材料，透明的那一种材料。"这或许还真是一种保护办法。

从李家山返回来，再到麒麟滩上，仔细观看大同碛。湫水河带来的泥沙石头直冲到对岸石壁之下，将这一段河道变成一面斜坡，落差加大了许多。坡上原来还有很多大石头，二十世纪五十年代疏浚航道炸掉不少。或许因为黄河水量偏少，或许是炸掉石头后减少了大浪，虽然大同碛上水声轰响，但感觉没有老艄们所说的那般凶险激烈。

曾经让船工们记挂了几百年的大碛，随着航船消逝，再无人关注，变成了一道风景。

回来在网上搜索到张树元的《说唱碛口》，近一千字。有些字句记录得不准确，但总体意思清楚，无非是说黄河里大船云集，古镇上店铺林立，商客如流，货物堆山，繁华赛过北京上海。倒是最后四句总结得好：

奇闻怪事常发生，

世事更改不留情。

二百年兴盛如刮风，

时间长了谁也记不清。

2011 年

凫 河

早年间，保德人管游泳不叫游泳，叫耍水。但耍水又仅限于小河和水库里，下黄河不叫耍水，叫凫河。黄河的水，是不敢耍的。

半个世纪前，黄河澎湃浩荡，河上船只往来，热闹非凡。每到夏天，河里凫着很多人，撑船的河路汉，捞东西的年轻人，浅水处纳凉消夏的闲人。那时候娱乐活动少，凫河是民间的体育活动。常有三五成群的人相约共渡黄河，顶着浑浊的大浪游到对岸，稍事休息后再游回来，相互之间还暗地里比赛。

河上船工一般都会水，有时候，船搁浅或者遇到险情，船工就得跳入黄河推船。黄河河道复杂，大浪凶猛，船只随时都有可能涉险。一旦船被打烂，船工就全部落入大浪翻滚的河水中，能不能活着出来，全看水性如何了。船在河上失事，船工们不说船烂，而是说一船人来了个大凫河。

沿黄河各村的男人也大都会水，穿开裆裤时，他们就在黄河里泡上了。到二十来岁，大都成了凫河高手。黄河发大水时，他们会跳入汹涌的河水中，捞取河柴树木或者山狍野鹿。月圆之夜，村民们会几个人相跟着，游到河对岸，偷吃一回河对岸地里的西瓜甜瓜，第二天作为一种本事炫耀给村里人。

把凫河改叫游泳大概始于毛主席畅游长江之后。1966 年 7 月 16 日，七十三岁的毛主席在武汉长江畅游一个多小时，他老人家还说，"长江水深流急，可以锻炼身体，可以锻炼意志""青年人，应该到大风大浪中去锻炼"。毛主席一席话，全中国人很激动，年轻人纷纷响应号召跳到江河里，接受大风大浪的锻炼。

保德县守着黄河，自是不能落后，县里马上组织了大规模的横渡黄河活动。其时正值盛夏，黄河流量每秒超过八千立方，河水一直挤到两岸的山脚下。河中大浪奔腾，但人心比河水更奔腾，有二百多人争着报名。横渡那一天，两岸人山人海，河上准备了木船、救生队、医生。下午时分，一声枪响，二百多人同时扑入了滔滔黄河之中。这是保德历史上同时凫河人数最多的一回。

保德县凫河的人很多，能横渡黄河的也不少，说到水性，大家都首推张亮孩。张亮孩大名张旭峰，但知道的人不多，不如小名叫得响。张亮孩水性好，不是通过凫河比出来的，而是因为他从黄河里救的人最多。

张亮孩 1954 年生，家在黄河边上，自幼胆大，十岁开始下黄河学游泳，两三年后就敢到中流击水。十五岁那年，一个同伴溺水，张亮孩几经周折把他救了上来，这也是他在黄河上第一次救人。有了这次经历，张亮孩以后下黄河就单枪匹马，

再不叫同伴，怕出了事不好给人家交代。

十八岁起，张亮孩开始横渡黄河。每年自清明节开始下水，小雪流凌时方才结束，一天一回，风雨无阻。如果白天忙得顾不上，夜里也要补上。他从保德县城靠上一点的地方下水，游到对岸陕西省府谷县，出水后沿沙滩往上游走一段，再重新游回来。张亮孩说他曾经想过冬泳，但保德县没有先例，怕被人们说脑水不清，遂作罢。

黄河险，不在水大浪高，而在于水情复杂，人们吃不清。俗话说黄河没底，不是说水深得没底，而是说大浪淘沙，河底变化太快，人摸不清河底的情况。刚刚站过的地方，不及半人深，但不用半小时，兴许就探不到底了。有的人隔了一天两天甚至半月二十天下黄河，还以为河底依旧，贸然跳进去，出事了。

张亮孩在保德和府谷两县都有名，不单是因为水性好，更因为他救人勇敢。不论什么时候什么人在黄河遇险，张亮孩在场自不用说，即使不在场，一旦闻知，立马飞奔而至，二话不说就跳入河里。时间一长，人们渐渐把张亮孩同黄河救人联系在了一起，就像看见失火想到消防队，只要黄河上有人溺水，大家就急急地问，张亮孩在不在？

张亮孩三十岁那一年，清明节刚过，河里还流着残碎的开河冰凌。府谷县一个老师傅看见黄河边上推过来一口猪，就伸手去抓住猪腿，企图把猪捞上来，却不料脚下一滑，人被死猪带入了河中。人在河中刚开始还挣扎，河水把他冲下去大约一里路，就断断续续只冒一个头顶了。

张亮孩其时正在黄河边的玻璃厂上班，听到消息，立即飞奔而至。这时，府谷县一个年轻人也来到了河边，说落水者是他师傅，他要下水救师傅。张亮孩不放心地说，你行不行，不行就别下，我下去。年轻人自称能行，两人一同下了水。张亮孩游出一大截回头看，身后的年轻人却被水卷走了。张亮孩后来说，年轻人会水，但没有在冰水里游的经历，下水几分钟就让冰凌水激得不行了。

张亮孩游在河当中，一人难顾两头。岸上观者如堵，眼睁睁看着年轻人被卷走，再无人敢下水，事实上下来可能更糟糕。

张亮孩在冰冷的河水中追上那位已经昏迷的老师傅，拖着他游到河中心一片浅滩上。浅滩处的水打至肚脐，张亮孩站在水中，把落水者抱在怀里，背向上游，等待救援。但刚好黄河两岸都没有船，绳索之类的东西又够不着。张亮孩想，为救人已经失了一个人，如果再救不活这个，实在说不过去。从下午三点一直到五点，整整两小时，张亮孩抱着老师傅站在齐腰深的水中，水中流着冰凌。五点，下游上来一艘船，才把他们接到岸上。

张亮孩浑身被冰凌割伤，更因在冰水中浸泡过久，落下了怕冷的病根。人穿秋衣裤时，他得穿棉衣裤，人穿棉衣裤时，他得穿皮衣裤。自此以后，张亮孩无事再不凫河，只有需要救人的时候才下水。

张亮孩下黄河先后救捞过二十几回人，救活十一个。但无论救起活的还是捞起死的，无论事前还是事后，他坚决不接受酬谢。唯一的一回，是救起府谷县一位老师，学校三番五次酬谢都被他拒绝，后来知道张亮孩酒量好，给他送了两瓶烧酒。

一次，黄河里又淹坏了人，长时间捞不起来，张亮孩听到后就赶去了。正脱衣服，死者家属说，捞上来给一千元，张亮孩停住了手。家属又说，给一千五，张亮孩二话不说，扭头就走。

张亮孩说，捞人有危险，万一自己也失事，不要钱是见义勇为，要了钱人们可能会说是为钱去捞人，是为钱而死。张亮孩凫河，水中东西从不捞取，连一条鱼也不捞。他说捞东西也有危险，小时候听邻居老人说过一个故事，有一个人水性很好，在黄河上经常捞东西，一次上游冲下船板来，他去捞，结果船板上刚好还带着船钉，恰待要捞，一个大浪打过来，把船板打到了胸前，船钉穿透了身体，这人当下就要了命。

张亮孩说，凫河有危险，捞惯东西，万一出事，人家会说是为财而死，太难听。张亮孩把名节提升到了和生命一样的高度。

早年间黄河水常年浑黄，夏天含泥沙更多。泥沙多，人在水中难以睁眼，但也有好处，就是浮力大，即使刚会几把狗刨，下水也能浮得住。水性好的人喜欢在一米来高的大浪中施展身手，俗称坐浪。滚滚大河中，人一会儿被送上高高的浪尖，一会儿又跌入深深的谷底，上下起伏，如坐过山车。但无论水性有多好，特大洪水时人都不敢游，怕遇上揭河底。揭河底时，河水下沉，把河底厚厚的泥沙掀得直直地站立起来，河中犹如立起了一堵墙，水流瞬间中断，那一刻，可以明显看到墙内外有了落差。只一转眼，这道泥沙形成的大墙又直挺挺地扑向下面，人一旦被大墙拍击，绝无活路。

黄河水流复杂，暗藏着许多杀机，凫河全凭经验与胆识。洄水湾往往离岸较近，没经验的人到了洄水湾，看见离岸不远，就想顺势上岸，但很难上去。结果在洄水湾里转了一圈又一圈，冲了一次又一次，最后耗尽体力，出不来了。遇到洄水湾，切不可试图在湾里上岸，而要等着转到中流，然后再顺势往河中心一冲，随主流而下，摆脱洄水湾以后再上岸。

还有旋涡，黄河上的旋涡是随水流向下移动的，被旋涡吸住时，不要慌，随旋涡而转，几圈之后旋涡就渐渐消失了。万一被旋涡吸到水下，不可慌张，潜一会儿自然也就上来了。

番瓜浪，与旋涡正好相反，是中间往外翻着的大浪。浪的中心往上涌，四周往下吸，形状宛若一只大番瓜。遇到番瓜浪时，不能踩立水，要侧泳，使身体与浪的边缘保持垂直，这样人才翻不下去。

现在，黄河水量大减，凫河的人也越来越少。我在保德沿黄河走访，仅发现冯家川村的冯培亮依然常年坚持凫河。冯培亮五十多岁，是我高中同学。他凫河二十余年不动摇，每年立夏这一天下水，秋分以后上来，每天在黄河里游十来里地，风雨无阻。

在我看来，冯培亮凫河已很不简单。一次我到冯家川村，问村上一些人，村里凫河数谁厉害？他们列数出十多位，说这些人任是大浪滔天，渡黄河如走平地。我问这些人现在还凫吗？他们都笑起来，说这些人都是河路汉，七八十岁了，有的已经去世了。

我说冯培亮也很厉害，不料村里人却不以为然，说他的水性和前面提到的那些人相比，不值得一提。有人说，他现在倒是天天凫，但现在的黄河能和以前的黄河比吗？他现在下河，总是用一根绳子牵一个大塑料桶，虽然他不抱塑料桶，但总是心虚，怕危险才带了一个塑料桶。

其实冯培亮的塑料桶是用来装衣服的，他下水时，把衣服

全部装到塑料桶中，拧紧盖子，用一条长绳系在腰间，到下游上岸后，再从桶里取衣服穿上。如果不用塑料桶来装衣服，又没有人转递，他到下游出水后，赤条条地无法走回来。

黄河上历来是男子汉显身手的地方，与女人无关。过去女人坐船还有许多讲究，不可随便坐。历史上从未有女人凫河的。大约是毛主席畅游长江之后，保德中学曾经组织起一支女子游泳队，二十多人。组织者是一位从上海下放到保德县锻炼的女教师。保德没有游泳池，县城附近也无水库，女子游泳队就直接到黄河的浅水里训练。没有泳衣，队员们有的穿着长裤子，有的穿着背心。河滩上没有更衣室，来时带一块大帆布，队员们把帆布扯起来，轮流到帆布底下换衣服。每周练一回，观看的人很多。练七八回以后，人们议论纷纷，家长们出来干涉了，学校也不支持了，女子游泳队解散。从此，再无女人到黄河里戏水。

凫河，也和河上许多事物一样，渐去渐远。

2011 年

探路晋陕大峡谷

莽莽黄土高原之上，绮丽景色较少，有景皆大美。晋陕峡谷北起内蒙古喇嘛湾，南至禹门口，全长七百公里，是中国最美十大峡谷之一。古人云"不到黄河心不死"，如能从头到尾走一回晋陕大峡谷，肯定是美事一桩。

二十世纪上半叶以前，黄河水阔浪高，航路畅通，一艘艘大船从包头起航，顺流而下，直达三门峡。人坐船上虽然险象环生，但饱尝惊涛骇浪之余，七百公里的峡谷美景也尽收眼底。现在，黄河上建起一座又一座水电站，航路阻断，观赏峡谷美景，需依靠公路。

山西省在"十一五"期间，规划新建沿黄公路。到 2009 年，报纸说沿黄公路已建成通车，但又有很多沿黄河走过的人说，沿黄公路走着走着就不通了。为了探寻真实情况，2011 年 11 月 16 日，我与三个同伴相约，从保德县出发，探路晋陕大峡谷。

沿河行，路不通

从保德县城到碛口古镇路程二百四十公里，公路紧贴黄河，寸步不离。初冬时节，黄河水情平稳，清澈透亮。这一段峡谷内，山西这面景观不多，倒是河对岸的陕西有几个可看之处。继神木县的西津寺、天台山之后，峰回路转，在佳芦河与黄河交汇处，一块大石头上高高托举着佳县城，半崖上还捎带悬挂着一个香炉寺，让人啧啧称奇。在佳县城对面的白云观里，毛主席曾经看过戏，大约是在吃枣儿的时候随口说了一句"佳县好枣"，现在佳县人在公路旁边竖起一个很大的标语牌，上面写着"毛主席说：佳县好枣"，让人看得忍俊不禁。

保德县境内的路程有四十五公里，公路是山岭二级，路面宽展平整，车子每小时可以开到八十公里。兴县境内的九十公里路程也是山岭二级，只是路面损毁严重，坑坑洼洼，沥青路面上打了许多水泥补丁，车子不能走快。临县境内一百零五公里路程路况很差，大约是山岭三级，弯多路窄，还缺少涵洞排水，泥土满路，一副破败相。

中午十二点半到达临县曲峪镇，进了一个小饭店，里面三个大汉正吃得大汗淋漓。同伴给他们递上烟，攀谈起来。他们吃饭用的已不是碗，实实在在是一个盆子。其中一位大汉说，三百斤重的盐麻袋，他用一只胳膊夹起来就走。问到沿黄公路时，他大手一挥说，没问题，一路往下走，直达壶口！这让我们大喜过望，同时对这个报告好消息的大汉也多了几分好感，对他单臂夹起三百斤的盐麻袋也不再怀疑。

饭后到达碛口，停车拍了几张照片。古镇没有多少变化，只是老街路面上的坑槽比过去又深了一些，都是拉煤大车轧的。离开碛口大约五公里，以一座牌楼为界，进入柳林境内。路面陡然宽展了许多，干净整齐如街道，两边的松树和槐树被细雨洗得青翠碧绿，与临县境内的破败形成强烈反差，让人眼前一亮。我想，倘若所有沿黄公路都能这样，等于是给黄河摇篮系了一条漂亮的绿丝带。

然而好景不长，只有四十七公里这样的路。到了下三交镇，宽阔的道路分为了两个岔路，两个岔路都小得让人心生疑窦。停车一问，左岔通到附近的红军东征纪念馆，右岔通到刘志丹遇难处。再要沿黄河下行，"不行了，连空人也走不下去！"当地人说。打问如何才能下到壶口，回答说需要从山里绕行。

沿河直达壶口的计划破灭，颇感遗憾。我们详细问过路，然后开启导航，恋恋不舍地离开黄河，往山上走。然而一离开黄河，我们就没了方向，山路盘盘转转，不一阵把导航仪也转晕了，一个劲胡说起来。我们只好边走边问，从下三交镇到石楼县城，总共七十公里，足足走了一个半小时。

到石楼已是上灯时分，住石楼宾馆。石楼县人口十一万多，2010 年 GDP 五点四亿，财政收入六千余万元。石楼县财政收入不多，但对文化很重视，宾馆客房里放着四本书：

第一本是《晋西明珠绿色石楼》，既是县情简介，也是宣传手册，扉页上写着："红军东征首战之地在石楼；毛泽东《沁园春·雪》创作在石楼；姜太公故里在石楼；九曲黄河上最美丽的一道湾在石楼；山西省退耕还林面积最大的县是石楼；山西省人均经济林面积最大县是石楼。"如此石楼，让人不敢

祖莹的黄河

小觑。

第二本是《高天厚土——张春和山西石楼采风速写集》，作者是八一电影厂的高级美术师，因拍电影来过石楼，认为黄土高原之大美尽在石楼，于是出了这本速写集。

第三本《诗情画意书石楼》，是石楼当地人的书画作品。

第四本《屈源》，是由县里石楼作家协会主办的文学刊物。

保德县城沿黄河到下三交镇全程二百八十七公里，下三交镇绕山到石楼县城有七十公里，全天行程共有三百五十七公里。

晚上九点多，窗外有了雨声，好像还不小，让人不免有些担心第二天的行程。

壮哉石楼湾

17 日清晨起来一看，满地积水，空气湿漉漉，云层似乎还很厚，但是雨住了。

八点从石楼宾馆出发，朝黄河上那个大湾而去，一是去看风景，二是去看沿黄河究竟有没有路，如要新修是否很艰难。

从地图上看，黄河在石楼县城以西三十多公里处，绕出了一个近乎圆形的大湾。这个大湾先前好像没有名字，近几年开发旅游业，石楼人将其称为"天下黄河第一湾"，并说是经专家论证过的。石楼这道湾确实也雄奇，加之黄河上何为第一也没个标准，说成第一湾无人能奈何得了。但是，"天下黄河第一湾"这个名字没有地域概念，说了等于没说，倒不如叫成石楼湾更好一些。

从石楼县城一路向西，凡岔道处皆有"天下黄河第一湾"的简易路标，只是道路越走越窄，省道变成乡道，乡道变成村道，最后变成了山间小道。遇到一对从山上骑摩托下来的中年夫妇，我们问路远近，男人仔细作了说明，妻子觉着还不够，很热情地补充说："快上去看吧，路好着哩！"一句话说得我们笑起来，黄土小路上铺着一层薄薄的沥青，仅能容下一辆小车，路况不好，但这位妇女的话是很真诚的。

山高坡陡弯多，我们走得有些吃力。我抱怨说，石楼县只管宣传天下第一湾，却不修路。然转而一想，人家也是心有余力不足啊，全年财政收入六千多万元，能铺一层薄路也难能可贵了。

天还没有放晴，湿漉漉的空气清新无比。上到半山腰，有薄雾漫卷，远山近谷缥缈起来。一位同伴说，看这光景，怕到了地头也是只见云雾不见河。但说归说，大家兴致不减，云雾自有云雾的美。

盘旋到山顶，眼前豁然开朗，一道大河谷横在不远处。虽然云雾缭绕，看不见水流，但我们知道，那就是黄河了。我们急切想从山顶下到峡谷边上，但修路人似乎也受了黄河转弯的感染，把黄土坡上的路修成了一个接一个的很夸张的圆弯。我们耐着性子，转了好几个圆圈，方才来到停车点。时间是九点二十分，五十公里路，走了一个多小时。

下车一看，才知道石楼人的苦心了，这个停车点选得绝好，位于石楼湾正面的山头上，居高临下，四野景色一览无余。

在山顶的时候，大峡谷云锁雾罩，连对面的山头也看不见。待我们站到峡谷边上，浓雾开始稀释，接着越来越淡，石楼湾

以及周围的山峦正缓缓除去面纱。

四下无人烟，山峦叠嶂，河谷苍茫。黄河远远地从对面山头的左后方转出来，画一个漂亮的半圆，从我们脚下流过，又画一个半圆，转回到了对面山头的右后方。在我们这个位置来看，黄河好像绕着对面山头转了一个大圈，又回到了原来的地方。黄河在转这个圈的时候，受到离心力作用，水流全力向外冲击，把我们站的这一面冲刷成了千仞绝壁，却把对岸那座圆圆的山头温柔地环抱于怀中，那山头毫不险峻，河滩里还能种地。

整个石楼湾，山西这一面的河岸刀砍斧劈，雄伟挺拔如男子汉；陕西那一面的山头浑圆舒缓，温柔美妙如少女。两下里刚柔相济，隔河守望，地老天荒不相移。

云雾飘荡，浓淡披离，周围的山水时而清晰，时而朦胧，仿佛活动着的舞台大布景，让人看得生出种种幻觉。绝壁下有黄河低沉雄浑的声音，左边小山沟里有溪水哗啦啦的声音，身后有麻雀叽叽喳喳的声音。好大一座石楼湾，美妙清静得让人想搭一间草庐住下来。

我们在车上守候一个多小时，未见一车一人。沿黄河皆悬崖峭壁，连一条羊肠小道也没有，要修路着实很艰难。

十点半，车原路返回，开向乾坤湾。

走马观花乾坤湾

要到乾坤湾，先得绕一个比乾坤还大的弯：原路返回石楼县城，再到永和县城，再走四十公里才是乾坤湾。

黄河宛如一个边走边玩耍的小孩，直行一段后就突然溜开，绕出一些让人意想不到的湾。天下黄河九十九道湾，一道湾是一重天。晋陕峡谷内，河湾最多、最美、最复杂的，就在石楼、永和地段。黄河出石楼湾以后，意犹未尽，接着又往反方向绕了一回，形成一个很大的反向 S，但由于道路不通，S 的下半段还藏在深谷人未识，连名字也没有。下行到永和县以后，黄河又一口气绕出了连串的蛇形湾道，其中一段很像道家的阴阳太极图，于是人们给它起了一个美丽的名字——乾坤湾。

从石楼湾到乾坤湾，黄河流程大约五十八公里，可惜沿河没有公路，我们无法从头到尾欣赏这一连串美景，只能绕山走一百一十多公里，看其中两个片段。沿黄公路，在黄河景色最美的地段离开了黄河，实在让人遗憾。

从石楼湾到永和县城全程有七十四公里，永和县城到乾坤湾有四十公里，中途路过打石腰乡政府和几个小山村，全程都是沥青路面。

来到乾坤湾附近，未见停车场和观景台，我们上山下坡，一口气到了黄河边的河会里村，车停在了黄河滩上。

乾坤湾既然由黄河绕出来，规模之大可想而知。大景观需要居高临下远距离观赏，而我们却一头扎到了乾坤湾的第一个圆心内。河水环绕圆心而去，脚下是一片河滩，长满枣树，对岸是千仞绝壁，需仰头观望。"不识庐山真面目，只缘身在此山中"，我们只听得见河声，却看不见"乾坤"。几个人笑着说，走得太近了看不全。于是调转车头，退回到山顶上。

云雾已散，天朗气清，远山近水，直视无碍。虽说退上了

山顶，但位置还是不够高，只能看到半个乾坤湾。开发乾坤湾，陕西人下的功夫多，推出了热气球观景项目。站在半空中的热气球上观看乾坤湾，效果自然是好，但气球在陕西，虽然咫尺之远，我们却过不去。再往下游走几公里，就能看到乾坤湾的下半段，但没有找到路。乾坤湾太大，目光范围有限，我们只观赏了半截风景。

回来上网查看，才知道乾坤湾一带已经被国家国土资源部命名为黄河蛇曲地质公园，山西永和县和陕西延川县两家都有份，现在两县都在开发这个景区，不知将来谁能开发得更快一些。

下午一点，我们离开乾坤湾往壶口而去。如果能沿黄河下行，大约是七十五公里，但没有道路，只得重返永和县，经吉县到达壶口，全程一百九十五公里，这个弯子也不小。

夜探壶口

黄昏时分来到吉县，县城里因为有了运煤大车，道路脏乱起来。烟霭和暮色笼罩着县城，看上去不整洁，使人不想去亲近。路标显示，距壶口还有三十九公里。我们便又亮起车灯，冲开夜色，向壶口前进。

此前虽然没有到过壶口，但感觉对壶口却有几分熟悉。除看过大量照片、读过不少诗文以外，还有一点，就是我曾经写过壶口。1991 年，吉县举行壶口有奖征文比赛，我虽然未曾到过壶口，却很想参加这个活动，于是就写了一篇《想壶口》，把想象中的壶口描绘一番，凌空蹈虚发了一些感慨，最后表达了对壶口的向往之情。文章没有获奖，后来发表在1994年第六期《火花》上。写壶口的时候，很想尽早去看看壶口，不料真来看壶口，已是二十年之后了。

吉县到壶口的路况不太好，运煤大车多，路面尽是煤屑。转过最后一道山梁，开始下坡，同伴说离壶口不远了。他前年从陕西到过壶口，对地形比我熟。夜色已浓，除了车灯照出的路面，四下里黑茫茫一片。下完坡，我问离黄河还有多远，同伴说路外面就是黄河。我朝路外望一眼，黑不见底，于是赶紧降低车速，小心驾驶。凭想象，路左侧当是一道断崖，崖下就是那著名的龙漕，传说扔一口活猪进去，等从龙漕出来，全身就连一根猪毛也没了。在这样的地段行车，无端就多了些压力。

前行一段，望见了景区门口的灯火。来到门口，栏杆开着，售票处无人值守，大约是淡季的原因。既然不用买票，我决定那就先夜探一回。

沿景区公路走一段，来到了瀑布附近的停车场。没有灯火，也没有人，车灯照耀下，依稀看见旁边短墙上一行大字：夜间危险，禁止下河。农历十月二十二，阴天，星月全无，河滩上黢黑一片，只听得水声轰响，连瀑布在哪个位置也判断不来。不敢贸然下去，又不甘心离开，盘桓三匝，想出了一个办法：把车开到停车场边上，转过来让车头对着黄河，打开远光灯。虽然灯光有些高，直接照不到河滩和水流，但散射光也够用了。

我们小心翼翼走下台阶之时，来了一辆面包车，下来四五个二十来岁的小伙子，"噔、噔、噔"就往河滩走，看来他们是本地人，对这里很熟悉，即使没有车灯，摸黑也能下得去。

我们就跟在他们后面，下了河滩，朝瀑布走去。

其实我们有些太胆怯了，从台阶到瀑布还有好长一段距离。借着微弱的灯光，我看到了河滩上的泥坑、水汪、高低不平的岩面，再往前，看见了铁丝防护网。那几个小伙子站在河滩上，用手机拍了些照片就匆匆离去了。我顺着防护网向上游走了一截，朦胧中看见前面一片白雾，水声愈加凶猛，隐约中好像还有湿漉漉的气息扑散到脸上。离瀑布已经很近了。我找好一个位置站稳，定下神来，夜观瀑布。

瀑布就在眼前，闷雷般的水声中，白浪翻滚着不断跌落下去，转瞬即逝，却又永远不逝。往上游望去，黑茫茫一片，河道水流等全都看不见，那连绵不绝的白色大浪仿佛从一个无边的黑洞中翻滚而来；往下看，同样什么也看不见，大浪跌下去后仿佛又被另一个黑洞毫不费力地吸走了。万里长河，此刻只有这一截飞动的白色大浪展露在漆黑的夜幕上，连绵不绝，犹如一部无比壮观的立体电影，让人看得震撼不已。

环顾两岸，山西这面只有我们车灯射出的两道亮光，陕西那面山脚下依稀有几星灯火，同伴说那是一个观光酒店，前年他曾住过一晚。还想看些别的，但夜色浓重，山河着墨，什么也看不到了。我们在黑暗中面对瀑布站了好一阵，茫茫然不知所措。最后怀着一种期待的心情离开，到景区大门外找了一家酒店住下。

夜晚睡在床上，我凝神屏息，想听听瀑布的声音，但老老实实说，什么也没有听到。酒店距离瀑布不过十里，传说中的山鸣谷应，声闻十里，看来现在不行了。我早先采访过一些老艄公，他们都说当年在十几里外就能听到壶口的水声。现在一则黄河水小，二则城市里各种噪声太多，大自然的声音都被淹没了。

第二天早晨六点起床，天还黑乎乎的。七点吃过早饭，我们第一个来到售票处。景区内尚无游人，摆摊设点的也还没有来。

站在停车场上，看着下面宽阔的河滩，想起昨天夜里的摸摸索索、小心翼翼，人看不清周围环境，举止总是踏深站浅。

我们先来到龙漕旁边，沿着防护网一边看一边往上走。当近距离站到瀑布旁边的时候，一种巨大的震撼油然而生，经久不退。昨夜看见白浪，以为河水是清的，现在再看，河水呈淡黄色，只是在翻滚过程中激荡成了白色。河水在上游几百米外还呈现着一种散漫平和的状态，来到这里，猛然间就收束跌落了下去。或许早有准备，到这里是飞速冲锋；或许毫无准备，猝不及防就翻滚了下去。

我一动不动，凝神盯住瀑布，震撼有增无减，甚至渐渐有些胆寒。宋人潘阆写钱塘江大潮："别来几向梦中看，梦觉尚心寒。"是真实感受。

一直到慢慢离开瀑布，我哑口无言，除过震撼，再想不出任何一个词语，而因何震撼，一时又很难说得上来。

河滩上有供游客骑行的小毛驴，我问一位赶驴老汉，过去的时候旱地行船是怎样的？他指着上游岸边一座古庙说，就在庙前停船卸货，人把货物担到下游，再把空船拉上河滩，船下垫一些滚木之类的东西，推拉着走过十里龙漕，然后放船下河，重新装货。看着那七高八低的河滩，遥想当年船工们七手八脚拉扯那大船，真是不容易。

离开壶口之后，我反复回味，继续寻找震撼的原因。石楼湾也让人心动，但那是一种静态美，面对大自然的神工鬼斧，欣赏之余，人感到的是一种惊叹。壶口瀑布让人感到震撼，感到畏惧，全在于那一种气势磅礴的起落翻卷，在于那一种让人喘不过气来的急促猛烈，在于那一种无穷无尽的连续不断。

世间万物，凡猛烈的东西，都是瞬间爆发，很难做到持久不息。要持久就不能猛烈，猛烈了就难以持久，因为事物所蕴含的能量有限。老子说"飘风不终朝，骤雨不终日"，正是这个道理。但是，壶口瀑布却硬是把猛烈和持久集于一身。水流至此，轰然爆发，大浪翻卷着冲下断崖，雷霆万钧，转瞬即逝。但与此同时，后面的水流又汹涌相继，无穷无尽。靠着强大无比的持续力量，迅猛飞逝的水流硬是保持住了一种稳定的形态，山峦一般的巨浪与周围的岩石比肩而立，毫不相让，千万年不曾稍息。这转瞬即逝却又连绵不绝的搏击，让人在意识深处联想到了生命，生生不息，连绵不绝，这瀑布也是一种生命啊！面对这强大而又无止境的生命力量，人又怎能不震撼、不敬畏呢！

克难坡

原定行程中没有克难坡，在壶口景区，看到了克难坡的介绍，临时决定去看一看。也就是看一看而已，以为充其量不过是一座院落几间房子，不会有多少看头。好在路程不远，去一趟只是顺带的事情。

阎锡山的名字，我上小学就知道了，"土皇帝"几乎成了阎锡山的别号，远比"字百川，号龙池"为人所知。"皇帝"已属革命对象，再加上一个"土"字，更让人联想到头戴瓜皮帽、目光短浅的土老财。后来慢慢知道，真实的阎锡山绝非草莽英雄，更不是文化浅薄的土老财，而是留过洋，写过书，有理论有实践，懂经济的人物，在山河破碎、战火纷飞的年代，阎锡山对山西经济的发展作过很大贡献。

从壶口上克难坡路程不远，全程弯弯曲曲。来到参观点，先是一个地洞般的入口，穿过长长的土洞，眼前出现一个大院，院后面又有很多建筑，更远处是一排排错落有致的窑洞。原来在这简陋的土洞后面，就是规模甚大的克难城。真有点别有洞天的感觉。

我没有学过历史，对抗战中的阎锡山不甚了然。看过陈列馆才知道，从1940年5月到1945年10月，五年多时间里，阎锡山率领当时的国民革命军第二战区司令部、山西省政府机关以及两万多官兵驻扎于此，这个看上去不起眼的小地方，曾是山西的政治中心。

克难坡原名南坡村，是一个只有六户人家的偏僻小村。当年阎锡山之所以选中这个地方，一是地形好，易守难攻，而且土质坚硬，适于挖暗道；二是这里水源充足，可驻扎人马；三是紧靠黄河，对岸就是陕西宜川县，阎锡山字百川，情况危急时渡河到宜川，能逢凶化吉。在进驻克难坡前，阎锡山已两次到宜川避过难。但南坡村有一点不好，就是名字不吉利，阎锡山避讳"难存"二字，遂将其改名为"克难坡"，想易地名以求吉利。

克难坡在抗日战争结束以后便被荒废，上世纪九十年代又开始整理，把居民迁到了前山，对当年第二战区司令部以及山西省政府机关办公场所进行了修复。

我们先参观陈列馆，再参观各处建筑，然后参观阎锡山的卧室和办公室，最后从办公室钻入地道，转到山后面。从山后可以顺坡骑驴，直下黄河渡口，过河就是宜川县。

后山半坡上有一座石亭，名曰"望河亭"。亭前石柱上有阎锡山亲书的对联：

裘带偶登临，看黄流澎湃，直下龙门，走石扬波，淘不尽千古英雄人物；

风云莽辽阔，正胡马纵横，欲窥壶口，抽刀断水，誓收复万里破碎山河。

站在亭上凭栏远眺，秦山逶迤，河谷苍茫，遥想当年抗日战争的血与火，再诵读此联，荡气回肠之感油然而生。

在克难坡转悠一个半小时，了解到当年这里条件也比较艰苦，但这里政治氛围浓厚，宣传教育活跃。建筑物虽然简陋，但名字起得很有生气，如"实干堂""乐干堂""进步室""万能洞"等。墙上写有许多标语，处处体现着阎锡山的思想，如"做甚务甚，深入彻底；真正负责，不重表面""尽心竭力，圆满完成；功不在言，自慰于心""干部决定，事在人为"等。阎锡山还自编一首《洪炉歌》，谱曲后让官兵歌唱："谋国不豫，人物皆空，克难洪炉，才是正宗。"

在一大片建筑物中，我对阎锡山的卧室和办公室印象最深刻。这是一排相互连通的土窑洞，和晋西北的土窑洞并无二致。办公室进门大约两步远的地方，又做了一重门窗，门上挂着布帘，窗上糊着白麻纸。导游说，下级进来汇报工作，就站在两重门中间，看不到阎锡山在办公室的哪一个位置。办公室后墙上，挂着孙中山、毛泽东、蒋介石的照片，中间还有一个空位置，我问那里挂谁的，导游说是日本人的。阎锡山在办公室轮着会见各方人士，后墙上的照片也根据会见对象而不断变换。"抗日和日，拥蒋拒蒋，联共反共"，这话看起来自相矛盾，念起来宛若绕口令，却是阎锡山的政治策略。他按照这策略，"在三颗鸡蛋上跳舞"，给后人留下了说不完的话柄。

在克难坡众多标语中，我对其中两条印象深刻，一是"存在就是真理，需要就是合法"，二是"干部决定，事在人为"。

烟尘斗乱禹门口

到禹门口之前，我曾抱着很大希望。

七百公里的晋陕大峡谷，除了壶口，名气最大的当数禹门口了。禹门口又叫龙门，是晋陕峡谷的终点。这个终点来得很突兀，两岸巍峨的青石山没有缓冲，突然间就齐刷刷地停在了那里，仿佛真是被大禹神斧斩断一般。黄河在晋陕峡谷内受尽束缚，一出禹门口天宽地阔，河道骤然由三百来米扩展为好几千米。黄河冲出禹门口时声势甚烈，所谓"禹门三激浪，平地一声雷"。大禹斧劈龙门的传说，鲤鱼跃龙门的神话，半数中

国人都知道。

龙行之处，风水自然好，禹门口两岸建城设镇已三千余年。左岸河津名人辈出，隋代出过大儒王通，唐朝出过王勃、王绩、薛仁贵，近代出过董其武。右岸韩城是司马迁的故乡，全国历史文化名城。无论自然风景还是人文历史，禹门口都应该是一个让人游目骋怀、思绪无尽的地方。

住壶口的当天晚上，我上网搜索，看能不能沿黄河直达禹门口。结果只搜到一个帖子，说山西修过沿黄公路，但路况很差，而今上有塌方，下有沉陷，走起来很不安全。第二天探问壶口景区的人，他们也说沿黄河下不去。于是我们再度离开黄河，绕道前往禹门口。导航仪上，紧靠龙门有一个禹门口公园，我就把目的地设在那里，以为公园里会有不少好东西。人文历史如此厚重的地方，随便搬弄一点出来，就够人们研究大半天了。

快到禹门口时，公路上有了运煤大车，有了煤焦检查站。一旦有了这两样东西，路况便好不起来。路面坑坑洼洼，两旁的树木黑灰一片，车过处，煤屑粉尘飞扬。再往前走，到了河津铝厂，漫天烟尘雾气，路上还有黑水。河津铝厂早已闻说，靠着它，河津当过全省GDP的老大，只是不曾料到，这样一个流烟漏气的厂子，居然扼守在禹门口上，真不知当初的环境评测是如何过关的。

禹门口公园早已被附近的铝厂、水泥厂和拉煤车给废了。公园大门紧闭，门前积着一层厚厚的粉尘，售票处久不使用，眼看快要倒闭了。

来到龙门桥上，所见萧条冷落，破败不堪，没有一个游人。

四周一片灰黑，连一个干净落脚点也找不到。桥灰黑，峡谷两面的峭壁灰黑，山头上也灰黑。铁索桥早已封闭，桥上的木板和铁丝网七零八落。公路桥承受不了拉煤大车的碾轧，不得不设置了限高铁栏，当地人却又量体裁衣，制造出了一种高度正好通过、车体老长老宽的柴油车，轻巧地钻过限高铁栏，从陕西往山西运送焦炭和石灰。

顺峡谷往上游有一条公路，路面上煤灰激荡。我们沿公路上行一段，又遇到一个煤焦检查站。站上的人给我们指点，山上有禹王庙，还有一个什么台。但我想，即使真有禹王庙，禹王也早被烟尘呛得待不住，云游去了。

回来查看导航仪才知道，禹门口周围十里之内，山西这面有铝厂、水泥厂、焦化厂，陕西那面也有水泥厂、焦化厂。古语说困龙犹有上天时，现在，禹门口被困在污染严重的工业区内，纵使请得大禹回来，也很难把这个地方收拾整洁。

好环境能凝聚风水，能使一个地方变得有生气，有灵气，有瑞气。"钟灵毓秀""人杰地灵"，这话不是随口编的。禹门口自古是风水宝地，一登龙门，身价涨十倍。晋陕峡谷两岸一共二十二个县市，若论人文根基，没有哪个县能与河津和韩城相比。但让人无比惋惜的是，人杰地灵的禹门口，而今成了工业园区，乌烟瘴气，烟尘斗乱，周围工厂一日不倒塌，禹门口之困一日不得解除。

一言难尽三门峡

　　行走晋陕峡谷，多数时候看风景，去三门峡则要兼看历史。倘若比喻，前者是探访天生丽质的佳人，后者是拜会身世复杂的老者。

　　最早知晓三门峡，是十几岁上初中之时，背诵过贺敬之的《三门峡歌》：

　　望三门，三门开，

　　黄河之水天上来！

　　神门险，鬼门窄，

　　人门以上百丈崖。

　　黄水劈门千声雷，

　　狂风万里走东海……

曾经以为这是最好的现代诗，以为三门峡的黄河远比家乡保德县的黄河壮美，以为三门峡大坝是人间奇迹。及至长大，看过三门峡大坝的复杂故事，才知道现实远没有诗歌那般浪漫。"展我治黄万里图，先扎黄河腰中带"，腰带是扎起来了，却憋得上身不畅，出毛病了。

读《长河孤旅——黄万里九十年人生沧桑》，看黄万里先生苦口婆心陈述三门峡建坝可能产生的严重后果。掩卷沉思，深感三门峡大坝沉重无比。这一座大坝曾经名声动地，但现在吸引人的已不仅是大坝本身，而是大坝背后那些曲折复杂的故事。

2011年11月15日，我去探访三门峡大坝。进入平陆县已是半下午，在黄河边一片收过玉米的地里，看见约有上百人正架起相机对着黄河拍照。我们下车看稀罕，但见那相机一台比一台威武，镜头足有海碗大，长短好比六〇炮。原来这里是三门峡大坝洄水区，形成了大片湿地，每年10月底都有成群的白天鹅飞来栖息，吸引了大批摄影爱好者。

第二天过黄河，参观三门峡大坝。这里如今已经变成了旅游景区。大坝旁边有一座小公园，里面一尊巨石雕像，人物全身肌肉块块饱绽，远远望见，以为是一位健美运动员，近前看基座上的字，才知道是大禹像。

拜过大禹像，我们走上高高的坝梁。眺望坝内坝外，两岸山势并不比天桥峡险峻，只是坝体比天桥大坝高出许多，达一百零六米。坝高，但蓄水很低，不及大坝高程的一半，浪费了一大截坝梁。水电站装机二十五万千瓦，每年发电不到十五亿度，在我国现有电厂里属于小弟弟级别。

相传大禹治水开凿的"人门""鬼门"和"神门"已被连门带岛压在了坝底，为泄洪通畅，梳妆台也已炸掉，只有中流砥柱还挺立在大坝前方水中。时值十一月，坝里坝外碧波荡漾，水势平缓。坝梁中间摆着一块巨石，上书"截流石"三个大字，据说是从导流底孔的闸门槽中所捞。石上竖刻着一条线，线两边分别写着山西、河南。巨石犹如两省的界碑，基座上写着"一步跨两省"，人可以同时身处河南与山西两个省境域。大坝主体上写有房大的七个字："万里黄河第一坝"。从建设时间来说，这个提法不过分。

1955 年，第一届全国人民代表大会全票通过了修建三门峡大坝的决议。当时设想得很美，要用一座大坝完成千古伟业，彻底解决黄河水患问题。另外，也得怨我们的老祖宗，不知怎的就流传下了一句现在看来是很不靠谱的话："黄河清，圣人出。"新中国成立的时候，人们认为倘若能让黄河变清，人心天意两相合，越发完美。

三门峡大坝从一开始就打上了政治烙印，在那个政治高于一切的年代，建坝很快到了不容分说的地步。黄万里先生根据自己对黄河地质水文的考察，坚决反对三门峡建坝。他明确指出，大坝建成后，上游河道被抬高，渭河将产生淤积，形成水患，从而会使黄河下游的洪灾移到上游。但可惜黄先生孤身一人，反复陈说也无济于事。无奈之下，他又提出，把八条施工导流底孔留下，以备他年能泄水排沙，减缓淤积。但当时国家按照苏联专家的意见，彻底堵死了导流底孔。为治黄奔走一生的黄万里先生，九十高龄言及治黄时，依然涕泪纵横，反反复复地说："他们没有听我一句话！"

1961 年 4 月，三门峡大坝浇筑结束。坝内的黄河水安静下来，泥沙沉到库底，坝外实现了"黄河清"。但是，欢庆的锣鼓余音未了，问题已接踵而至。大坝蓄水一年半，十五亿吨泥沙全部铺在了从三门峡到潼关的河道里，潼关河床被抬高四点五米，导致渭河成为悬河，两岸良田被淹，陕西人不得不手忙脚乱地在渭河上筑堤防洪。关中平原因地下水无法排泄，土地出现盐碱化，粮食大幅减产。更为糟糕的是，随着泥沙淤积向上游延伸，以西安为中心的工业基地也面临着威胁。问题一步一步逼来。

无奈之下，只好赶紧再实施大坝改造工程。其中内容之一，就是将黄万里先生建议保留的导流底孔重新凿开，然而八个底孔全部凿开依然难以满足泄水排沙的需要，不得不再新凿四个，耗资费力不少。直至 2006 年，大坝二期改建工程才告结束。

关于大坝的存废问题，从上世纪六十年代一直争论到现在。陕西人历数半个世纪以来的渭河水患，倾诉渭南移民之苦，说这一切盖因三门峡大坝，应该立刻废除。还有人将张养浩的《山坡羊·潼关怀古》略作修改，以表达对反复移民的不满："峰峦如聚，波涛如怒，秦川百里潼关路。望西都，意踌躇。伤心秦汉经行处，黄河渭河都做了土。离，百姓苦；归，百姓苦。"而与陕西人意见相反，河南人说三门峡大坝为解除下游水患立了大功，为后来黄河长江建设一系列大坝积累了经验，其功绩不可埋没，现在三门峡以上还形成了大片湿地，如果要废弃，白天鹅也无处栖息了……

三门峡大坝的历程，是一段历史的一个缩影。倘若将大坝背后的故事完整记录还原，从工程的上马、改造，直到现在的

争论，全部详实地摆晒出来，在大坝旁边建一个展览馆，肯定能给人们带来很多启发，也将是一件很有意义的事情。

《三门峡歌》现在很少有人朗诵了。与当今众多大型水电站相比，三门峡的发电量简直可以忽略不计。面对这巍巍大坝，左看右看，前思后想，感觉其更像是一座宏大的警示碑。

2012 年

浑水摸鱼

2016 年 7 月 21 日，北方普降大雨，黄河涨水，重现半个世纪前浩浩荡荡的场面。大浪翻滚，走沙涌泥，大树、小树、油罐、油桶、枕木、挖沙船等各式各样的物品从上游被冲下来，打着圈从河中心往下漂去。

下午雨住了，县城的人们纷纷出来看河。每次发洪水，都是捞鱼的好机会，更何况是这样多年不遇的大洪水。很多人有备而来，拎着水桶，扛着捞兜，信心满满地下了河。有些人开始只是来看水，见捞鱼的人都有收获，而且鱼也真是不少，就心痒难耐，于是折一柳条，脱了鞋，挽起裤腿，到水边打鱼。

鱼儿在水中本该最自由最安全，但也得看是什么样的水。黄河发大水时，斗水七沙，鱼儿宛如陷入了泥沙浆中，随波逐流往下漂。

人站到洄水处，两眼紧盯浑浊的水面。突然，水面上冒出几个气泡，赶紧拿捞兜过去一兜，十有八九不落空，只是鱼的大小不好说。有时候兜住一条大鱼，水里岸上就一片欢呼。那些拿柳条的，是真正的"打鱼"者，看见几个气泡，就拿柳条狠劲朝那个地方抽下去，泥水四溅，一条小鱼就会翻上来，长不过二三寸，这人就俯下身，赶紧将鱼捉住。

一个年轻后生拿着柳条在护堤下面"打鱼"，六七岁的小女儿在高处拎一个塑料袋等着。每捉到一条，就顺手甩上来。小女孩袋中已有了几条小鱼，但都已经死去。女孩焦急地朝下面喊："爸爸，你少用一点力气，把它打昏就行了，不要打死，扔上来最好还活着。"

还有三个年轻后生，举着直径差不多有一米的大捞兜下到齐腰深的水中，慢慢来回移动搜索，仿佛工兵举着探测镜在排雷。他们对小鱼没兴趣，一心要捉大鱼，但所获甚少。捞一阵，感觉不过瘾，一个说，要不咱撵河去吧？另一个说，好！于是三人收拾工具上岸，要去撵河。所谓撵河，就是追赶前面的大水头，那里面鱼多一些。三个年轻人满身泥水，上了一辆摩托车，扛起捞兜，宛若扛着一面破旗，顺沿河公路疾驰而去。

有成语叫"浑水摸鱼"，真乃经验之谈。保德段的黄河一年有多半年清澈，水清时捞不到鱼，只能坐在河边耐心垂钓。每年只在春季开河和夏季洪水、秋季上游电站泄洪排沙时才能浑水摸鱼，捞到的鱼最大的有十几斤，倘是春天，一条鱼可以卖到上千元。

浑水捞鱼很有趣，不在捞到多少鱼，而在于捞时的那一种刺激和快乐。每一场大水过后，黄河边就站满了人，捞鱼者乐，观捞鱼者亦乐。

2016 年

河套行

上包头

"几"字形的黄河，上面那一横，就是河套地区。河套并不陌生，除了"黄河百害，唯富一套"这句古语耳熟能详，昔年河曲保德人走西口也多数到了这个地方。

小时候村里一位邻居，家里好几个亲戚走西口，在内蒙古落了户。他隔三岔五便来找父亲念信、写信。絮叨一阵，信写好，父亲先给邻居念一遍，然后问还有什么要说的。邻居仰起头想一想说，没有了。然后父亲再大声与邻居核实收信地址。收好信以后，邻居并不忙着离去，还要再说上一回五原、固阳、磴口等地的故事。当时我就知道，河套是个好地方，种麦子，吃白面，那里的人们不挨饿。

惦记河套，还有一个原因，就是很想看看杨家河灌区。清朝末年，河曲人杨满仓、杨米仓兄弟和他们的九个儿子在河套组织人马开渠引黄，历经十三年，耗去白银七十万两，挖成长六十四公里、渠宽八丈、水深九尺的"杨家河"，灌溉面积达四十万亩。为挖渠，先后累死了满仓、米仓兄弟和他们的长子杨茂林。为纪念他们的功绩，人们将杨家河所在地改名为米仓县，到1953年撤县设旗时方才取消。杨家河现在如何，我很想实地看一看。

当年保德人走西口路线之一，是先坐船过府谷县，然后沿石庙墕、皇甫、古城、沙圪堵，一路往北，紧七天慢八天抵达包头。民歌里唱，"府谷县过来沙圪堵走，黄河上坐船我走西口""路过石庙墕，打火抽袋烟"。我们这一次也按照祖传惯例，先上包头。

2017年6月13日，早上六点从保德县城出发，开车沿黄河而上，在禹庙附近过华莲黄河大桥，驶入陕西地界。在黄河边一个状如簸箕的山湾里，众多羊矸石小山丘寸草不生晒在蓝天下，颜色或红或灰，深浅不一，层次分明，人们说那是小丹霞地貌，美其名曰莲花灿。猛看一盘莲花，细看一堆乱山。莲花灿不远处，紧临黄河的山头上有一座新落成的大型石雕像，近前细看，却是赵匡胤。基座上一段文字，煞有介事地说赵匡胤祖先是府谷县人。史书上说赵匡胤的高祖叫赵朓，唐朝涿州（今河北涿州市）人。现在府谷人要和赵匡胤攀老乡，恐怕要费不少力气。

站在赵匡胤雕像身边望出去，眼前黄河转出一道气势恢宏的大弯，颇有石楼湾的味道。对岸是河曲县南园村，庄稼树木郁郁葱葱，渲染得一道河川生机勃勃。

沿黄河西岸上行到马栅，然后左拐上山，到了沙圪堵。这里曾是准噶尔旗行政驻地，前些年旗政府搬迁到薛家湾镇，沙圪堵显得有些冷清。用导航选择了全程高速，经鄂尔多斯再上包头，有些绕路。倘若从沙圪堵经托克托县沿黄河上包头，景色应该更好一些。

下午一点抵达包头。包头紧邻黄河，十九世纪后期至二十世纪初，黄河水运发达，包头是著名的皮毛集散地，水旱码头驰名天下。保德老一代船工说起包头城，熟悉得好似邻近村庄。随着公路铁路的开通，黄河水运减少，包头渡口也冷清下来。再后来黄河南移，昔日的码头渡口变成了一片湿地，包头人将其改建为南海湿地公园。

南海湿地公园有一千五百多公顷，靠城区这面是湖，面积近四百公顷，水位高于黄河，靠提取黄河水补给。靠黄河那面是湿地，水草茂密，成为鸟儿们的乐园。黄河恩惠河套，就像母亲暗地里偏祖小儿子，灌溉万顷良田之余，意犹未尽，还偷着将河道不断南移，侵蚀对岸的鄂尔多斯台地，给这边留下了湖泊、湿地、田园。公园管理人员说，黄河至今还在往南移动。

南海湿地公园离黄河很近，从公园出来我们再去看黄河。河面甚为宽阔，遥望对岸，只低低一痕。河水保持着浑黄本色，翻卷着浪花浩浩荡荡往东而去。河堤和保德县的一样，也是铅丝石头笼筑就。铅丝石头笼已然成了黄河护堤的标配。河面上没有船只，河边拴着一只小汽艇，可载了游客到河中心冲浪，每人次四十元。我提议坐汽艇游一回内蒙古的黄河，同伴说咱回去坐保德的汽艇吧，遂作罢。

只要稍微划拉一下，每一个保德人都能在包头城里找到一两门子亲戚，是为走西口的余韵。受此影响，保德人内心深处对包头便有一种亲切感。多少年来，我也一直觉得包头城非同一般，历史悠久，城池古老，人口众多。然翻阅史料才知道，包头是一座典型的移民城市，形成较晚。1809 年设包头镇，1870 年前后才修筑起了城墙。1926 年设包头县，1938 年设包头市，而今市区人口近二百五十万，规模远没有想象中的大。历史短，人文景观自然也不多。有一个五当召，离得远。还有一个草原，问饭店的人，说是草连一尺高也不到，稀稀拉拉。于是决定第二天前往临河一带。

访乌梁素海

物以稀为贵。平原上人们把隆起一二百米的小丘就叫做山，而在山里人看来，那就是一个土包而已。北方少水，有一片能撑开船的水面，人便倍觉稀罕，珍惜地称之为海子，而在南方人看来，那就是一洼水而已。但也有例外，乌梁素海不一般，虽不可与真正的大海相提并论，但在北方来说，三百平方公里的水面委实不算小，称之为海不算虚张声势。

6 月 14 日，我们早上五点半起床，六点离开酒店，上京藏高速，一路向西，朝着乌梁素海进发。

越往西走，沿途土地越肥沃，庄稼越茂密。公路左侧是一马平川的大河套平原，河套再往南就是黄河，河对岸是库布其沙漠，已属鄂尔多斯台地。公路右侧是乌拉山，高低起伏，随路而行。山上光秃秃的没有植被，黄土都输送到河套来了。沿乌拉山前行，感觉有几分亲切，让人想起了那首熟悉的民歌："大青山的石头乌拉河的水，一路风尘我来看妹妹，过了一趟黄河我没喝一口水，交了一回朋友我没有亲过妹妹的嘴。"大青山和乌拉山都属阴山山脉，此番虽也一路风尘，但只看到了乌拉山，没有看到乌拉河，更没有看到哪一个妹妹。

一百公里过后，乌拉山山势渐缓，最后收于西山咀。我们也下高速，转往乌拉特前旗。前往乌梁素海的道路正在返修，却没有绕行指示，转悠半天不得道，只好问了一回行人，然后沿着一条十几米宽的水渠向北而行。

六七公里后，看到一座巨型水闸正在泄水。旁边一所小院子的大门上有招牌：排水事业管理局第五管理所乌毛计闸养护段。看来在乌拉特前旗排水也是一件大事，专门设有一个管理局。先前以为河套只是引水灌溉，今日方知排水也是大事，大河套也有被水淹之时。

地图上看，乌梁素海宛若一个头朝东北的胡萝卜，左上方缺一小块，像被谁咬了一口，我们所在的位置正在胡萝卜底尖上。乌梁素海主要靠黄河灌区的尾水补给，进水口在胡萝卜左上方，有好几个，排水口只有一个，就是胡萝卜底尖上这一个。排出的水流过西山咀镇，最后重新归入黄河。

排水闸里面碧水盈盈，芦苇点点，但这里还不是景区，萝卜尖太小，做不开大文章。看过水闸，我们重新上路。沿湖东行大约十公里后，来到了乌梁素海景区门口。一座用木料搭建起来的简易大门，不精致却颇有几分气势，门口一块大石头上刻着"乌梁素海"四个大字。

站在海子边遥望，碧水浩渺，芦苇丛丛，端的是好景色。

岸边水上有竹筏、汽艇、摩托艇，没有游客，水阔天空。一个高个子中年男人走过来鼓动我们，说应该到湖里面去看看，有鸟有鱼有芦苇。我们不远千里而来，自然要进去看看。我们买了票，四个人上了竹筏，筏尾一个小小汽油机驱动着螺旋桨，轻巧得很。

驾驶员是一个年轻后生，理着一个盖盖头，话语不多。前面鼓动我们坐竹筏的中年男人也上来，说游人少，闲着也是闲着，上来给你们说道说道。我问乌梁素海名字的来由，他说是蒙古语红柳湖的意思，还说这里是黄河改道留下来的一片水，前些年污染严重，这两年经过治理，水质很好了，今天风大浪多，如果没有风，能看见水底下有鱼群游动。水面承包给了外地人，纯天然养鱼，湖中不让投放饲料。

往湖中行驶一阵，中年人指着遥远的右前方说，可以到芦苇荡里面看看。靠近芦苇荡，中年男子用力呼喊几声，果然奏效，芦苇荡中各种鸟群惊起飞上半空，随即又落下，鸣叫不断。

我问中年人芦苇能干啥，他说可以造纸。每年冬天结冰以后，人们就开着大车进湖里割芦苇。冰面能结四十公分厚，大卡车可在上面随便行驶。现在湖水进出由人工控制，水面基本恒定，每年的芦苇茬口总在同一高度。看着那干枯的茬口，遥想冬日收芦苇的情形，想起两句走西口民歌："高塔梁放冬羊冷寒受冻，乌梁素打芦苇卧雪爬冰。"乌梁素海收芦苇有上百年的历史了。

竹筏最后从一条芦苇巷中返回，巷子比想象的宽了很多。翠绿的新芦苇从旧茬口上长出来，已经一丈有余。中年人说，过一些时候你们再来，来看芦花。我想象着，再过两个月乌梁素海芦花盛开，那又该是怎样一幅景色啊！湖上一丛一丛芦花摇曳，宛若一朵又一朵白云浮在水上。鸟儿在云朵下栖息、生蛋、孵化，鱼儿在水中漫游。正是李白诗所云："龟游莲叶上，鸟宿芦花里。"

坐过筏子上岸，码头旁边还有一条木质栈道，伸入水中好几百米。从栈道上走，两面水中突然就会钻出一只或几只水鸟，或者轻轻凫动，或者只转一下小小脑袋，旋即又悄无声息地钻了下去，在水面上留下一圈细细的波纹。水鸟很多，全都叫不出名字，只见钻上来钻下去，看得人眼花缭乱，耳边则全是叽叽啾啾一片鸟鸣声。

坐在栈道凉亭里，看水波浩渺，鸟儿沉浮，想干旱的北方居然有这样一片好水，真是大自然的神笔。

乌梁素海原为黄河北支故道，新构造运动使阴山山脉持续上升，后套平原相对下陷，到1850年，黄河改道南移，在乌拉山西部留下两处约两平方公里的河迹湖。清末，河套平原先后开竣几条大灌渠，灌渠尾水汇入乌加河，流积成为乌梁素海。二十世纪三十年代，黄河数年涨水，后套多次被淹，灌区退水量大增，海子水面逐年扩大。1947年，海子淹没面积达到八百平方公里。1949年后，河套灌区经过整修，退水量得以控制，海子逐渐缩小。1965年，水域面积四百七十平方公里。1980年，乌梁素海建起排水站，下泄水回归黄河，至此，湖水面积稳定在二百九十三平方公里。

乌梁素海由黄河改道而生，靠黄河水流淌养育，说是黄河女儿最恰当不过。

走临河

看过乌梁素海，重上京藏高速，向临河进发。临河是巴彦淖尔市的首府，人们将两个名字混着叫。

内蒙古河套分为前套和后套，临河处于后套中心地带，与黄河关系密切，可看的地方也多。

临河这个名字，猜想应该是因贴近黄河而来，但实际上城区离黄河还很远。如今在黄河与城区之间新开了河套总干渠，当地人称二黄河。二黄河河道整齐，碧水宽阔，河里有竹筏和汽艇供游客乘坐观光。如果不作说明，外地人看见如此宽阔的水面，很容易当作大黄河。二黄河两岸有文化旅游区、湿地公园、黄河水利文化博物馆等，足够游览一天。虽然河边不时能看到禁止游泳的提示牌，但二黄河里面还是泡着不少人，他们腰间拴着的红黄气囊漂浮于河面上，星星点点，也成了风景。

连接二黄河两岸，有金川公路大桥，还有一座观光人行吊桥。站在金川桥上眺望，两岸的文化旅游区还在继续建设，规模不小。内蒙古地面辽阔，景观风格一律豪放，呈天苍苍野茫茫的气象，不似江南那般精巧。

盘桓流连，我们四点半来到南岸的黄河水利文化博物馆，已关门下班，只能观赏馆外的巨型石雕墙。这是我所见过的最大石雕墙，长二百二十米，平均高度为七米，最高处十一米，依次有秦汉移民、王同春开渠、五原战役、人工开挖总干渠、三盛公水利枢纽等八个板块。

博物馆门前广场上有一个巴彦淖尔市的巨型沙盘，上面架着钢化玻璃板。人在玻璃板上行走，犹如在巴彦淖尔上空遨游，脚下的山川河流以及引黄灌渠等一目了然。仔细看一遍，对巴彦淖尔的地理有了整体概念，对黄河灌区也熟悉了很多。

清朝末，后套灌区又称后套八大渠。八大灌渠都直接从黄河引水，河上开着八个口子。遥想那个年代，没有测量仪器，没有机械，没有水泥，做不成闸门，在黄河上开口引水，真不知水量是如何调节控制的。新中国成立后，重新规划，在磴口县建起了三盛公水利枢纽，拦河筑坝，雍高黄河水位，在黄河北岸开挖总干渠，就是二黄河。将原来的八个口子变为三盛公一个总闸，旧渠重新整修，面貌大变。二黄河全长二百三十多公里，将新中国成立初期三百万亩的灌溉面积增加为现在的八百多万亩。

二黄河景色优美，盘桓流连了半天，竟然就没有再去看大黄河。临河区内还有一个河套文化博物馆，我们来到时也早已闭馆，看外观气势很宏伟，让人想见里面定有不少好东西。

临河区总体给人的印象是舒展大气，加之有二黄河流过，又多了一些灵动柔美，戴一顶塞外江南的美冠很合适。

河曲圪旦保德素

6月15日上午，来到三盛公水利枢纽。首先看见的，是矗立在广场上的三把大锁，顶天立地，号称世界第一锁。当时想，大概是锁住黄河永保安澜的意思，后来细看说明，才知道并非如此。2001年三盛公水利枢纽排险加固，拆下了服役四十多

年的六扇旧闸门。废物利用，六扇闸门刚好能做成三把大锁，各自高二十七米，总重二百四十吨。三把锁分别命名为永昌锁、永固锁、永恒锁，象征事业永昌、婚姻永固、爱情永恒。三把大锁鼎足靠拢，组成一座大型雕塑，取名同心锁，象征普天之下永结同心。

三盛公水利枢纽一座大坝，两道闸门，将黄河水导入二黄河。黄河上大坝不少，相比之下，三盛公这不算雄壮。两座大坝周围形成大片湿地，磴口县正在建设湿地公园。可惜的是黄河坝梁上经常有重载汽车通过，大煞风景。

除过实地观赏，旅行还要看地图，地图里也有不少故事。展开巴彦淖尔市地图，满眼都是"圪旦"——村庄名字，就像保德县村名里的"沟""坡""梁""峁""塔"等一样。"圪旦"一词是陕北晋北一带的口头语，我感觉写成"圪蛋"好像更贴切一些。"圪旦"一词用途很多，可褒可贬。民歌里唱"亲圪旦"，亲得要命；老农骂人"灰圪旦"，厌恶至极。

地名里出现圪旦，原以为是隆起来的小土丘，后来考证，河套平原连土丘也没有，只是略微隆起一点，高于周围地面，可以建造房屋的地方就叫做圪旦。

有人盘点过，单是巴彦淖尔市就有七十多个圪旦。这些圪旦前面有加姓氏的、有加景物的、有加方位的，合起来就是一个村名，比如马二圪旦、高家圪旦、红柳圪旦、油房圪旦等。而最多的，则是用人名合成的圪旦，如李维顺圪旦、杨二羊圪旦、王三女圪旦、田来才圪旦等，估计这些人就是最早开辟这些村落的祖先了。

山西作家燕治国先生曾写道，在巴彦淖尔市，村名叫"河曲圪旦"的就有一二十之多。我找了半天，果然找到几个河曲圪旦，但没有找到保德圪旦，却找到一个"保德素"，是五原县一个村庄。"素"在蒙语地名里常有，乌梁素海、乌素图，好像是有水的意思。走西口民歌里也有叫"素"的地方，"第三天乌拉素，要了些烂朴布，坐在那个房檐下，补了补烂单裤"，看样子，这乌拉素也是一个村庄。

看着地图上的"河曲圪旦""保德素"，看着圪旦前面那一个个名字，宛若看到了一个个老乡，甚为亲切。我坚信，早年走西口的保德人也一定开创过一些"圪旦"，究竟是哪几个，有待后人去考证。

我们只用了三天时间匆匆走过河套地区，略微知道河套是怎样一回事。还有很多不清楚，还得找时间重走一遍。下一次，我一定要去拜访那个"保德素"。

2017 年

河声入海遥

2018 年北方雨水偏多，黄土高原基本未受旱，庄稼与草木竞相生长，绿汪汪溢满山川。黄土地滋润之时，黄河也丰满起来。整个八月到十月间，河水浩浩荡荡，灌满晋陕峡谷，重现着庄子《秋水》篇中的壮观景象。

保德老城原在黄河边一座山头上，1938 年日本侵略军入侵，放火将古城烧成一堆瓦砾。抗日战争胜利之后，县城搬迁到山下与黄河垂直的一条沟里。上世纪八九十年代围河造地，铅丝笼大堤将黄河挤出去三四百米，空出十几里长的河滩，建起了县城新街。街两边机关学校，商铺民居，熙熙攘攘，县城有一半人住到了黄河滩上。

我的老家桥头村距黄河三十里之遥，上世纪八十年代参加工作，我在县城安了新家。此后三十多年间搬过几次家，越搬离黄河越近，最终也搬到了河滩上。史铁生在《我与地坛》里说，搬了几次家，越搬离地坛越近，"只好认为这是缘分"。

我几十年守着黄河，家与黄河越搬越近，一年四季看水涨水落，听涛声澎湃，实在也是一种缘分。

2018 年的整个秋天，我每天早晨起来第一件事就是瞭河。站在九楼窗户上，先用力往上下游瞭望一回，看个大势，然后再拿起望远镜仔细观察。河面比枯水期宽了大约一倍，水位比往年高出许多，虽然每日里也有涨落，但变化不大，涨落超不过一米。有人说这是近二十多年来持续时间最长的水情，此言不虚。从窗户望出去，河中曾有一道多年形成的沙洲，上面长起来一丛丛的柳树，大约有一房檐高。冬春之时，河水清碧，常有水鸟在洲上起落嬉戏。野鸭子之外，还有一些叫不出名字，或许就是《诗经》里说的那个"关关雎鸠"吧。

八月初，沙洲被洪水淹没，柳树们在水里露着头，随水起伏摇晃，仿佛在学习游泳。大约半月之后的一个早晨，柳树们不见了踪影，大概是被河水连根淘走了。估计水退之后，沙洲也不一定在。黄河发大水，河道会剧烈变化，早年间黄河行船的老艄们最清楚。再远望，河对岸是府谷县城，河滩上有几片玉米地，已种植多年，今年也被淹掉了。玉米站在齐腰深的水里，先是由绿变黄，继而由黄变为灰白，彻底蔫了。

河曲县一位朋友来电话，问今年黄河水大，保德县被冲走什么没有？我说没有，只县城安澜楼前的码头平台被水淘空，半边倾入河里去了。他说河曲滨河大道的河堑垮了几处，西口古渡上的一个凉亭也被冲走了，有空来看看。

西口古渡我是熟悉的，闲着也是闲着，就再去看看那受损的古渡。

河曲县城也在黄河边上，前些年新开了滨河大道，八公里

景观路紧临黄河，绿树丛中点缀一些小摆设，风光浪漫。滨河大道坐得不高，半个世纪前应该是在水面以下，但近二十年河水没有上来过。今年涨水，有些地方的护堍给冲垮了，水桶粗的护岸柳树歪倒在了黄河里。最严重的地方是西口古渡，因为向河里延伸出去一个平台，有些阻水，致使大水漫上来，轻松卷走一个凉亭，冲塌一段护堍。为安全起见，七月十五连河灯也没有放。

大水冲了滨河大道，一些老年人就念叨，说是县城高楼建得多了，挡得文笔塔倒影进不来黄河，所以有此一劫。这说得有点玄乎了，黄河多年无大水，以致老人们也忘记了昔日黄河的模样。西口古渡身后还有一个平台，台上有一座古戏台。这个平台大约比滨河大道高出两丈，是古代的临水建筑。由此可见，今年这场水放在古代，实在稀松平常。现在的人没见过大场面，低估黄河的胸怀和水量了。

保德县冯家川是个古镇，黄河航运兴盛时期码头繁忙。如今码头还在，但已没了渡船，只有一条铁皮模型船拴在水中，无所事事，随水波来回荡漾。我来到河边游荡，遇到一位老汉，他说今年是近几年黄河水最大的一年，但也比不上五六十年代。他遥指对岸石壁上悬着的一块大石头说，那是大浮石，早年间测水位高低的一个标尺，水大时候这块石头能被完全淹没。我仔细端详，现在的水面低于大浮石两米多，很难想象倘若水涨到大浮石处，黄河该是何等壮阔。

看着一河好水，我想到了船。"水大浪展好行船"，这是早年间老艄们常说的一句话。可惜现在河上看不到船了，有点寂寞。非但是船，千百年来人们围绕黄河的许多活动，诸如挑水、捞河柴、捡炭、游泳、撑船放排等，都没有了。人与黄河的互动，似乎只剩下钓鱼这一件事。黄河上钓鱼，听起来甚为浪漫，但实行起来也不易。河里鱼很少，有时候水边坐一下午，诱饵换过几十回，直守到长河落日，依然一无所获。沿黄河行走，看到坐在河边垂钓的人，我便心生敬佩。能长时间坐在那里，不管有鱼无鱼，平心静气，超然物外，着实不容易。

河水浩大，水质也起了变化，明显黏稠起来。站在黄河大桥上往下看，河水上下起伏，飞速前行，但没有浪花飞溅，只发出一种低沉有力的轰鸣声。起伏的洪水看上去质地光滑，闪射出一种浓重的黄色，仿佛一河连绵不绝的黄色绸缎在抖动着滑向下游。

河水浩浩荡荡，水下如何不得而知，单看水面便很复杂。突然间，河面上出现一个硕大的旋涡，边走边旋，渐渐散开，三五十米以后完全消失。突然间，水下又冒起一个巨大的番瓜浪，好似有什么大东西要翻上来，结果却是什么也没有，只是虚张声势。翻动起来的巨浪在水面上扩出一个圆圆的大圈子，宛若新开拓出了一块领地，但这块领地也难以维持，前行不远就被后面来的波浪所冲散。新的大浪又在上游不远处翻起，水流滚滚，新的圈子再次形成。然而水面上不管出现什么花样，都难以保持稳定，难以停留，都得随水而行，行一阵便消失。一河水迅猛向前，但不是齐头并进，河中心的水流犹如先锋，义无反顾，一力向前，速度明显快出许多。两翼流速逐步递减，离岸越近，水流越缓，靠岸的个别地方还出现了洄流。

站在黄河大桥上，俯看一河水千姿百态滚滚向前，就万分佩服"历史长河"这个词的发明，真乃灵光闪现。一河水，越

看越像流动的历史，无所不包，应有尽有，永无停息地流向前方。此刻，就想到一些古人和古诗词。京剧《单刀会》里关云长横渡大江那一段唱真是好：

水涌山叠，年少周郎何处也？不觉的灰飞烟灭。可怜黄盖转伤嗟，破曹的樯橹一时绝，鏖兵的江水犹然热——好教我情惨切！这也不是江水，二十年流不尽的英雄血！

回眸几千年历史，一路上星星点点，遍洒英雄血。

黄河从远古走来，激起惊涛巨浪，荡走前尘往事。唐人诗云"河声入海遥"，虽然遥远，但仔细聆听，历史的回声依然清晰可闻。

2018 年

软米碛　张家湾

最早知道软米碛，是上世纪九十年代，听保德几位老艄公讲述。他们在黄河上度过大半辈子，对晋陕峡谷的航道了如指掌，说鬼门关有四道：保德天桥的雾迷浪，兴县张家湾的软米碛，临县碛口的大同碛，还有就是壶口。壶口看似凶险，但少有船只出事，因为那一道断崖压根就无法流船，要想下去，只能旱地行船。要在壶口瀑布上游不远处的龙王庙前停船卸货，将船拉出水，在干河滩上铺上滚木，来回倒腾着把船推往下游，过了龙漕再放船下水，重新装货。软米碛名气没有另外三处大，但出事却不少。软米碛东岸是蔚汾河出口，乱石林立，将黄河主流挤向了西岸。西岸是一道石壁，河水经年累月冲击，使得石壁底部凹陷回去，形成一道石檐，无论人还是船，一旦卷进去再难脱身。老艄们说，每一回跌软米碛，船上都要事先准备好铺盖、麻、玛簧钉，随时准备补漏。

有一年，保德六位船工拉船上软米碛，刚上来，看见一条

下行船，尾棹没有掌控好，触了礁，船碰烂，六个人落水，冬十月天气，全被卷到石檐底下，一个都没上来。

上世纪前半叶，保德最有名的老艄有梁三和吕招财。吕招财的本家兄弟叫赖货，也是一名老艄。一年，有一条石灰船要下行，吕招财说不可流，难过软米碛，但赖货说不要紧，便接下了这趟活。结果过软米碛时，浪扑进船里，生石灰遇到水，马上一片爆响，热气蒸腾，让人无法忍受，无处躲避，六个人全部跳了水，最终只有两人出来，连老艄在内的四人送了命。

老艄郭羊羊家四代人跑河路，郭羊羊说，他的曾祖父在软米碛失事身亡，父亲也是在软米碛出的事。1949年，解放大西北，禹门口上需要用大船渡汽车，保德县给做好两条。船肚子宽两丈，长五丈，五道隔墙，远远超过黄河上的一般船只。县里动员郭羊羊家去送船，郭羊羊和弟弟要去，父亲不让，说船太大，年轻人没经验。

老郭当年已经六十岁，和吕招财两人各流一条船。过软米碛时，两船人合在一起，先放下去吕招财的船，再上来放老郭的船。船过碛时，老郭去压尾棹，尾棹反弹，人一下被挑到了河里。老郭原本是好水性，平时踩水能到齐腰，但这一回被吸入石檐下，再没有出来。

前些年我行走晋陕峡谷，仔细看过天桥峡、壶口和碛口，老艄们说的四道鬼门关，单剩软米碛没有细看。2018年9月4日，我们一行四人专程去看软米碛。

黄河上的大碛，皆由支流带来的泥沙石头堆积而成。软米碛在蔚汾河出口处。蔚汾河从东来，眼看着要垂直汇入黄河，却被一道石脊用力一挡，又不得不向南绕出一个五里远的大弯，然后才与黄河汇合。拦挡蔚汾河的那一道石脊不算宽，上面却驮着一个近千人的村庄。村庄原名白家崖，民国时期村内"白"姓与"王"姓起争端，为平息事态，县政府根据村庄坐于盘石之上，王、白两大姓为主，就给取一折中的"碧"字为名，更名碧村。仔细看，这个村名与村庄地形简直就是绝配。

黄河两岸，有些村庄其貌不扬，但你绝不可小觑，说不定在哪一天突然间便会名扬天下。2015 年，碧村考古发掘出了龙山时期的石城及大型石砌房址，初评入围 2015 年全国十大考古新发现，碧村名声大振。

站在碧村往下看，左手蔚汾河，右手黄河，两条河夹着脚下这一道石脊梁。碧村人管蔚汾河叫小河子，黄河叫大河。上世纪六十年代以前，黄河主流在陕西那一面，碧村脚下的黄河湾里有四百来亩上好滩地。1969 年，碧村人响应毛主席号召，搞"农业学大寨"运动，在村庄正下方开凿山洞，要引蔚汾河的水灌溉黄河滩上的地。但工程时间拖得太长，等引水涵洞凿通时，四百多亩滩地被黄河在一个夜里尽数淘去，黄河主流滚到了碧村脚下。碧村人舍不得前功尽弃，一不做二不休，联合附近张家湾村，将这条一百五十多米长的引水涵洞扩为二十多米高、十几米宽的泄洪洞，让蔚汾河穿洞而过，抄近路汇入黄河。空出下面那一道五里多长的大湾，形成一千来亩淤地。

现在站在陕西那面张望，蔚汾河从一个黑乎乎的山洞钻出来汇入黄河，显得有些滑稽。三十多年过去，这个洞口又淤积起了大量的泥沙石头，黄河上又新增加了一道大碛。如果行船，这又是一道鬼门关。从这些新堆积起来的泥沙和石头看，河流相会时，冲积物不是只向下游堆积，向上游也有散布，堆成一

个标准的扇形。

看过蔚汾河改道，再去看软米碛。为何叫软米碛，我们在张家湾村问了很多人，没有一个能说得清楚，只知道老祖宗那辈起就这么叫了。

来到黄河边上打量，软米碛二里多长，虽然河水轰响，波浪翻滚，但并没有想象中的那般凶猛激烈。或许是近几十年蔚汾河改道，碛架上的堆积物被淘去不少，或许是水量还不够大。河对岸的石壁上面，依稀还能看出早年间黄河行洪留下的水渍，比现在水面大约要高一丈多。想一想古时候的河道比现在宽阔，水位高上一丈多，这该是何等壮阔的一条河啊！

对岸绝壁顶上有一小庙，已经塌了半边。村里人说那是专为软米碛而建的河神庙。往昔上游行船至此，须先靠岸，在老艄带领下，船工们上岸认真祭拜过河神，然后方敢放船跌碛。虽拜过河神，船只还是屡屡遇险。

早年蔚汾河与黄河交汇之处是一片很大的河滩，过去张家湾的人不敢在河滩上建房，怕水淹，只把村庄建在滩南面的山坡上。而今蔚汾河改道，村民在河滩上建起新房，渐渐将坡上的旧村庄丢弃了。张家湾距蔡家崖不到三十里地，1942 年 10 月 19 日，鲁迅艺术文学院晋西北分院在此成立。贺龙为董事长，林枫、甘泗淇、罗贵波、周文、杜心源、亚马等为董事，院长是欧阳山尊。我们向村民询问旧址，众人茫然。再问当年晋绥干部住过的地方，几个老汉说知道，在坡上旧村子里，已经塌得不成样子了。

我们循着村民指出的方向往山坡上走。沿路树木葱茏，荒草没到半腿。经过一些废弃的院落，里面挤满荒草杂树，人已

173

钻不进去。行走半天，终于在一个大门外听到了狗叫声。从门缝往里看，有一只小狗。我们拍打大门，从里面走出来一个老汉。听说是找旧址，就热情地说带我们去。老汉一个人住在这废弃的村子里，大概也寂寞得很，有人来他也高兴。

跟着老汉踏荒草，觅小径，来到一所破院子。三眼石窑，院内蒿草没膝，一棵老榆树，又生出来一群小榆树，荒芜得没了样子。窑洞旧窗户上悬挂着一个四方木牌，上写"鲁迅艺术文学院晋西北分院旧址"，窑洞内先前好像放过杂物，已经搬走，只剩下一些破烂。环顾院落，很难想象这样小的一个地方，当年是如何放得下一个学院的。

从旧址出来，老汉又带着我们去看了王观澜等人住过的院子，都已被草木密密实实地封锁了，人进不去，门窗上也没有木牌，算是彻底荒废了。

在张家湾看软米碛，看鲁艺分院旧址，我又想起了《黄河大合唱》，想来鲁艺分院的同学们一定是唱过这首歌的。而今河依然，歌还在，唱歌的人已消逝在了历史深处，住过的窑洞也行将坍塌，让人万分感慨。

2018 年

登华山

寸步不离黄河，走一遍晋陕峡谷，是我多年的期盼。原指望山西能开出一条真正的沿黄旅游路，但望断长河也无结果，到头来却被陕西抢占了先机。2017 年 8 月，陕西省宣布："陕西省普通公路建设一号工程——沿黄观光路全线建成通车。北起榆林市府谷县墙头乡，南至渭南市华山莲花座，全长八百二十八点五公里。一条大道牵手大河，舞动高原，连接起陕西境内五十余处旅游景点……"

为探究陕西沿黄观光路的虚实，我决定再走一遍晋陕峡谷，这一次要从下游溯流而上。2018 年 3 月 14 日，我们一行四人驾车从保德县出发，一路高速，经岢岚、吕梁、临汾、永济，过风陵渡大桥，直上潼关老城遗址。此地虽无多少景观，但不可不看。

黄河自内蒙古托克托县掉头南下，在黄土高原上如烈马奔腾，卷泥沙，走岩石，势不可挡，一鼓作气切割出了晋陕大峡谷。然而到华阴地界，华山劈面一拦，黄河便没了暴脾气，驯服地转而向东流去。

山河转折之处，往往是战略要地，《水经注》说："河在关内南流潼激关山，因谓之潼关。"潼关作为军事要塞，上千年兵马厮杀，绘制出了斑斓的历史画卷。站在潼关老城遗址上举目北望，渭水如带，黄河漫卷，关山夕照，气象苍凉。想起了张养浩的《山坡羊·潼关怀古》："峰峦如聚，波涛如怒，山河表里潼关路。望西都，意踌躇。伤心秦汉经行处，宫阙万间都做了土。兴，百姓苦；亡，百姓苦。"我轻声念一遍，宛若了却了一桩心愿。然后驱车下山，前往华阴，傍晚入住华山脚下一家客栈。

既往华阴走，必有登山心。站在客栈门前，仰头便见华山。这里与家乡的黄土山头不同，华山清一色花岗岩。众多山峰直上直下，坚挺犀利，剑戟一般刺向长空。虽然不知道明天要登的是哪一个山顶，但随便哪一个都不轻松。

上华山有两条步道，一条在玉泉寺背后，即民间所说的"自古华山一条路"，另一条为电影《智取华山》中的"智取华山道"。我们住的客栈离玉泉寺不到二里路，晚饭后先去散步侦察。

玉泉寺这条道全天二十四小时开放，沿途有路灯，缓坡处是灯柱，特别险要处是低光灯，只照路面，晃不到行人眼睛。上东峰一般要走六到八个小时，清晨能否看到日出，谁也没把握，由云雾决定。其实看日出是一部分，山中夜行，别有一番浪漫情趣，少男少女们要的是那一种情调。倘若一个人孤零零顶着满头大汗连夜爬山去看日出，那就有些单调了。

散步途中，我们逢人便打问上山道路如何，要走几小时，这也是首次登华山的人都要做的功课。然而事实上，问来问去，都有不同的说法。有人说，紧凑一点三小时可以上到北峰，又有人说需要六小时，还有人甚至说走上去走下来需要二十四小时。问道路如何，有人说，险处只有几段，无非石阶窄一些，道路陡一些而已，丝毫不凶险。也有人说，险得很，一过回心石，上了千尺幢，想回头也不行，挂在半崖上，哭也没用，只能手脚并用，硬着头皮往上爬，一副新手套，上去以后就稀巴烂了。

3月15日早上八点，风和日暖。从玉泉寺后的山门进山。一路攀高，往北峰而来。到千尺幢下面，却有铁丝网拦着，路牌指示向左前行。问一个清洁工，说是千尺幢路段有滑坡。仔细打量，路牌指示的这条道应该是人多时候下山的循环路，大多是水泥台阶，绕得远一些，险度自然也就低了一些。虽然也有需要手拽铁链行进的地段，但其险峻比不上千尺幢和百尺峡。上华山没攀千尺幢，没见回心石，多少有些遗憾。

沿途有些风景，但不是特别动人。农历正月底，山中草木尚未全绿，只有一丛一丛的山桃花开在半崖上，宛若一朵朵绯红的轻云。天气难得地好，气温二十五六摄氏度，阳光灿烂，照得人心敞亮。或许是一路新鲜之故，或许是思想准备充分，我们没感觉到时间长，也没有想象中的艰辛，十一点来到了北峰顶。

华山东、西、南、北、中五座峰，古人给取了诗情画意的名字：朝阳峰、莲花峰、落雁峰、五云峰、玉女峰。北峰最低，海拔一千六百一十四米，其余四峰皆两千米出头，南峰最高，两千一百五十四米。这四座峰其实是一个整体，四面绝壁，一柱峥嵘，只是顶端不知被哪一位神仙给雕刻了一番，中部镂出一峰，状如鸟头，是为玉女峰。然后环玉女峰开凿，神刀鬼斧，或劈或削，东、西、南三面各留一制高点，形成东、西、南三峰，北面则破一缺口，缺口下面是为北峰。东、西、南、中四座峰恰好形成一个元宝模样，北峰略低，犹如门前卫士。要上"元宝"顶，必须通过北峰。北峰与"元宝"之间有一石脊相连，名曰苍龙岭。

苍龙岭长不足二百米，是华山险要之一。从北峰望过去，龙脊细瘦，游人如豆，左右皆千仞绝壁，全仗着两侧铁链护持，否则真担心一阵大风刮来，将游人刮得滚豆一般落下山底去。小心走近，龙脊上同时可容两人并排走，倘在游客高峰期，往来挪动实非易事。继而驻足叹息，一叹天工造化，二叹首次走上苍龙岭的那个人，不知是哪朝哪代的勇士。

过了苍龙岭，再向上攀登一段，路分几岔，分别通往东西南中四座峰。此时下午一点已过，以我残存的体力要转遍四峰，估计还得七八个小时。到时缆车停运，下不去，就只能坐在华山顶上数星星了。数星星固然也浪漫，但身上少衣，腹中缺粮，星光不能解饥寒，漫漫长夜难熬，实不美妙。思量一番，只得舍弃东峰中峰，留待以后重访。我们来到一小摊前歇口气，四块钱买一颗鸡蛋，十八块钱买一罐红牛，吃喝完毕，然后抖擞精神，径直踏往南天门。

华山各峰顶皆为光秃秃一块巨石，南峰顶不及一所农家院子大，人稍多一点便站不开。站在峰顶朝南望，天空辽阔湛蓝，太阳斜照下来，脚底是齐刷刷的千仞深渊，再远处丛山林立，

如劈如削，一座比一座险，仿佛天下险峰都簇拥于此，剑拔弩张，气冲霄汉。想站到标志碑前拍照留念，但人多挨不过去，勉强挤到碑侧，让同伴抢拍了一张，打开看，照片正中却站着一位路过的女郎。

南峰顶上稍作停留，然后手脚并用倒退下来。从南峰到西峰也是石脊相连，称作小苍龙岭，三百多米长，不及大苍龙岭险。走在岭上，长风猎猎，吹动两面铁索上的红绳彩线，别有一番阵势。西峰美名莲花峰，上有劈山救母石。人在峰顶，据说远眺能望得见黄河、渭河，可惜当时我全神贯注只看脚下，居然没有远眺，顾此失彼，又留下了一个遗憾。

行走华山，如履如临，路程不算远，但费时间，需步步踩实。同时深感铁链的重要，如果没有那些坚实的铁链，不少路段一般人就不敢迈步。山上还有更为险要的地方，长空栈道、鹞子翻身等，那是专为胆大包天的游客设置的刺激项目，我等正常路线已经足够悬心，再不敢去节外生枝。

西峰看罢已经是下午五点多，遂坐西线缆车下山。西线缆车也仿效华山奇险，索道故意往西延展，中途还翻了一座山。坐在缆车里，俯视脚下万丈深渊，一颗心又悬了起来，转身动臂都不敢用力。直到双脚落地才放下心，长舒了一口气。

从华山下来，想到了古人。是哪朝哪代的谁，第一个登上山去？他上去干什么，探险？求仙？其时没有路，艰难可想而知。无论如何，第一个上到山顶的人，堪称英雄。

2018 年

关关雎鸠起落的地方

祖望的黄河

　　首次读《诗经》，已是上了高中。父亲珍藏有一本余冠英先生编注的《诗经选》，繁体字，竖排版。看见第一首诗说的是爱情，我就认定这是一本好书。兴致勃勃往后翻，不料却大失所望，书中的爱情没有延续，诗也看不懂了。翻一遍，也就只记住了开首四句："关关雎鸠，在河之洲。窈窕淑女，君子好逑。"当时想象，"在河之洲"就是在一条清澈的小河边，有一片绿草地，两个人在那里情意绵绵地互诉衷肠。故事发生的时间自然是在春天，附近还有小鸟脆声鸣叫。

　　举凡第一次读《诗经》的人，想必对这个"河"的理解，大多都会和我一样，认为就是一条小河。因为前有"关关雎鸠"后有"窈窕淑女"，都属小巧可爱之物，配一条小河恰到好处。

　　后来细读《诗经》才知道，"在河之洲"的河可不是小河，而是黄河，因为先秦时候，"河"是黄河的专用名。话虽这样说，但我思来想去，仍然很难将"关关雎鸠""窈窕淑女"与

黄河联系在一起。我的家门前是晋陕峡谷，这里的黄河奔腾咆哮，狂风万里，峡谷上空偶尔会有老鹰飞过，河中从未见过有什么"关关雎鸠"。河上往来的也都是粗犷豪放的船工河路汉，而不是温文尔雅的君子。这"在河之洲"，该是在哪一段黄河的哪一个"洲"上？

心中的"雎鸠"盘旋多年，直到读过陈忠实先生的《在河之洲》，这"雎鸠"方才落到了地上。陈先生写道："在河之洲，就是渭北高原合阳县的洽川，这是大学问家朱熹老先生论证勘定的。朱熹著《诗集传》里的'关雎'篇，以及《大雅·大明》的注释，有'在洽之阳，在渭之涘'可佐证，更有'洽，水名，本在今同州郃阳夏阳县'，指示出不容置疑的具体方位。郃阳即今日的合阳县，上世纪五十年代还沿用古体郃字作为县名，后来为简便，把右边的耳朵旁削减省略了，郃阳县就成今天通用的合阳县了。洽水在合阳县投入黄河，这一片黄河水道里的滩地古称洽川，就是千百年来让初恋男女梦幻情迷的'在河之洲'。"

如此说来，这"河之洲"既不在黄河上游，也不在下游，而是在走完晋陕峡谷，闯出龙门后舒缓前行之处。黄河万里，这一段最具闲情逸致，最适宜谈爱情。

读过《在河之洲》以后又过了几年，方才来到洽川，踏访"河之洲"。

2018年3月15日登过华山后，我们一行人第二天沿着陕西沿黄观光线溯流而上。先去看丰图义仓，一座建于清代的民办大粮库，没给我留下太深印象，只记着展览室里陈列了许多粮食标本，单豆子就有二十五种。

上午十点半离开丰图义仓，朝着那个"河之洲"进发。从地理位置来说，这里已经是渭河北岸，就是陈忠实先生笔下的渭北高原。但从行政区划来讲，还属于渭南市。沿黄观光路与黄河平行，道路两旁是田园房舍、水稻田和冬枣园。麦苗青青，风过处已经起伏如波浪，让人不由慨叹：渭河平原好地方！越过麦田东望，黄河时隐时现。地图显示，河对岸是山西永济一带，古称河东，也是文化厚重之地。

中午十二点来到洽川黄河湿地风景区，远远望见河滩上一大群建筑。近前看，高达三层的城门楼上悬着四个大字"莘国水城"。按照陈忠实先生所说，这一带就该是"关关雎鸠"出没之地，但我们未见"窈窕淑女"，先遇到了一个赶骡子车的老汉。

同伴们说，坐骡子车也是风景，不妨体验一下。骡子头戴红绒球，看上去还算健壮，车也经过打扮，顺车帮左右是座位，顶上搭着彩棚，着红挂绿，有一些喜气。

安排我们上车坐好，老汉也抬腿坐上车辕，朝着骡子屁股拍一巴掌，骡车便踢踢踏踏重回沿黄路，往河川上游方向走。骡子有些怠工，走得不快，我们催促老汉，老汉就用鞭杆敲一下骡子屁股，喝道，快点走，回来招待你，四菜一汤，啤酒两瓶。骡子仿佛真的听懂了，居然小跑起来，逗得我们大笑。

在骡车上颠簸约莫十几分钟，来到一片工地，老汉说下车吧，到了。我们下车一看，眼前乱糟糟的，一面硕大的施工牌显示，正在建设一个什么景区。看我们疑惑的神情，老汉用鞭杆指着前面大片干枯芦苇说，这就是风景。我们问湿地在哪里，老汉跺跺脚说，这就是湿地呀！大家打量一回，虽然脚下的土

祖望的黄河

地干邦邦硬崩崩，但环顾四周，有些芦苇，可能黄河涨大水时能漫上这个地方来，于是也只好承认这里是湿地。老汉看我们有些失望，又用鞭杆一指说，还有温泉哩！我们顺鞭杆看过去，十几米外有一个圆池，直径十来米，看样子并不深。我走过去，伸手探一探，微温。

停留一刻钟，踏过湿地，观过芦苇，摸过温泉，再无所看了。我们于是重新坐上骡子车，沿着芦苇畔往回返。走不远来到莘国水城的后门。

莘国水城占地六百余亩，投资六亿多元，乍一看气势不小。城内贯穿一条人工河，曲折回环，可行游船。两岸都是仿古建筑和各色店铺、客栈，河上隔一段便有一座精巧的小桥。行走在街上，宛若置身于江南水乡。亭台楼阁全以《诗经》包装，灯柱上刻着《诗经》的句子，对联引用《诗经》的典故，建筑名称也大多源于《诗经》，比如"蒹葭桥""桃夭桥""河洲桥"等。

资料说，要将这莘国水城打造成一座诗经之城、故事之城，用古老的文化来吸引游客。

莘国水城从投资到规划建设，显然是一个大手笔，但写在洽川黄河湿地上，也仅如一个逗号。洽川黄河湿地东西宽三公里，南北长十公里，是全国 4A 级风景名胜区、生态湿地自然保护区。当地人总结是"十里荷塘、百种珍禽、千眼濮泉、万顷芦荡"。

水城外不远处，有一口大型温泉，原名叫"东鲤濮"，因为本地姑娘们出嫁前都要来这里沐浴，久而久之，泉的名字干脆就改叫"处女泉"。这一带还有很多这样的温泉，水温常年保持在 29 ～ 31 摄氏度之间，水中富含多种微量元素，据说经常洗浴可祛病强身，延年益寿。用于灌溉，可以使土地肥沃，庄稼长得好。泉是好泉，却有一个古怪的名字——灪泉，读音也和"粪"字完全相同。这个"灪"字既生僻又不悦人耳目，初看让人想到粪便，不太干净的感觉。然而洽川人喜欢，将温泉都称作"灪"，一口温泉就是一个"灪"。他们有几分骄傲地说，这个"灪"字已成了洽川的专用字，一说灪泉，便是洽川，全国独有，字典上也如此解释。

我是第一次遇见这个"灪"字，一上网搜索大为惊讶，这个"灪"字其貌不扬，但其来也远，居然和著名的《愚公移山》是同祖同典，同出于《列子·汤问》。书中说大禹治水迷路，误入终北国，国中有山，名叫壶岭，山顶有泉，名叫神灪，涌出的泉水香气如兰，味美赛酒。终北国的人饿了倦了，无须吃饭，喝一通神灪水便精神饱满。喝过头则能醉倒，十多天方醒。用神灪水洗澡，肌肤光泽滋润，身上香气十多天才散尽。"有水涌出，名曰神灪，臭过兰椒，味过醪醴。""饥倦则饮神灪，力志和平。过则醉，经旬乃醒。沐浴神灪，肤色脂泽，香气经旬乃歇。"洽川人说，这《列子·汤问》里所说的神灪，就是现在洽川的这些灪泉。

莘国水城正门前的广场上有一座大型雕塑，名曰"天作之合"，周文王和夫人太姒携手并立，高高在上。这一组故事出自《诗经·大明》："文王初载，天作之合。在洽之阳，在渭之涘。"说周文王当年在洽川迎娶了太姒。朱熹根据这一史实，将《关雎》与《大明》两首诗捆到一起作解释，说"窈窕淑女"就是太姒，"君子"就是周文王，如此一来，"在河之洲"自

184

然就是洽川了。

《诗经》成书两千多年了，人们捧着《关雎》反复诵读，反复注解，一直解到今天，还是解不完，《关雎》成了古诗词里的哥德巴赫猜想。朱熹费尽心力，将君子与淑女解为周文王和太姒，但很多人并不认同，认为《关雎》与《大明》两首诗相距较远，前者在《风》部，后者在《雅》部，二者之间找不出明显关联，扯到一起有些穿凿，有些乱点鸳鸯谱。

我从审美的角度看，也感觉不好，人物地点不确定，读者才更有想象空间。"关关雎鸠，在河之洲"，读到的是一种田野味道，是民间青年男女相爱相悦的那一份自由，那一份纯真。一旦确定为周文王和太姒，感觉正规呆板，限制了想象，很别扭。

莘国水城四周是宽阔的黄河湿地，朝东望过去，但见芦苇苍苍，苇丛中开出一条条水道，看样子是要供游船行走。在这里是望不见黄河的，大约还在五六里以外。可惜我们来早了一点，此时渭北大地上只有麦苗青青，其余植物尚未长出新叶。倘若夏天来，坐船穿越芦苇荡，船帮擦着苇叶，惊起一群群水鸟，高下飞翔，长鸣短叫，自是别有一番情趣，或者真能见识一下"关关雎鸠"也未可知。

徘徊在洽川黄河湿地上，想象得到其时风景更优美，环境更宜人。《诗经》三百零一十一篇诗作，有二十余篇和这里有关联。两千多年过去，人事代谢，风云变幻，然而江山不老，这里依然是风水宝地，既有美妙的自然风景，又有古老厚重的历史文化，随着沿黄旅游的开发，这里必将更加热闹。

看惯了晋陕峡谷的山崖陡峭，风猛水烈，再看洽川黄河湿地，身心一派轻松舒缓。距《诗经》诞生已三千多年了，虽然我对"淑女"和"君子"就是太姒和周文王这一结论不太认同，但走过洽川以后，再读"关关雎鸠，在河之洲"，眼前出现的，肯定是洽川黄河湿地，芦苇苍苍，瀵泉汤汤，"雎鸠"与各种鸟儿在欢快地飞翔……

2018 年

壶口三月桃花水

3月16日踏访过"在河之洲"，一行人下午拜谒了司马迁祠，晚宿韩城。第二天看过党家村，我们又转往龙门。

龙门又叫禹门口，是晋陕峡谷的终点。两岸峭壁对峙，黄河从中夺路而出，相传为大禹治水时开凿。《禹贡》有"导河积石，至于龙门"之词，民间有"鲤鱼跃龙门"之说。这里神话久远，地形独特，风景壮美。

这样一个好地方，稍加保护，在山上设一观景台，看黄河从峡谷里奔涌而出，哗然散开，一望无际，让人徘徊流连，感喟不已。然而多少年来，秦晋两省只看上了龙门附近的煤炭和石灰石，全然不管什么大禹鲤鱼、龙门石门，只一味采石运煤，生生将一个大好龙门折腾得烟尘斗乱。

我们抵达的时候落着小雨，满地煤屑泥泞，下车难找落脚之处。只好匆匆看一眼，然后顺晋陕峡谷而上。

沿黄观光路名不虚传，龙门到壶口六十公里，寸步不离黄河。一路细雨蒙蒙，大峡谷烟锁雾笼，别有一番景致。

下午一点半我们到达宜川壶口景区。听说上游开河，桃花汛淹没了观景台，于是就打一个小九九，暂不买票，先到检票口侦察一番。遇到观景返回来的人，嘟嘟囔囔说门票买得冤枉，到景区只是听了一阵水声，没看到什么。

检票口前是停车场，临河一面密密麻麻栽植了一人多高的侧柏墙，想来是将黄河围起，真容不露，逼迫人们买票，但侧柏墙上还是被人掏开了一些缺口。同行的三位从缺口处向下瞭望，看见一道瀑布，问我是不是壶口瀑布。我从缺口上看，瀑布似乎不及我上一次在山西看到的雄壮，但想一想，壶口瀑布以上是平缓河滩，以下是龙漕，再不会有第二个瀑布，于是就含含糊糊地说，这就是壶口瀑布。大家说，也就是个那，不要买票了，吃上一碗壶口面走吧。

在附近饭店吃完面，开车重上沿黄观光路。临黄河一面，陕西人砌了两米多高的砖墙，长约两公里，将公路变成了走廊。我们知道，砖墙正下方就是那举世闻名的壶口瀑布。走不远，看见砖墙下面躺着五六根水泥杆，杆上站着几个人，半身探出砖墙外往下看，肯定是在看瀑布。于是我们也停车，爬到水泥杆上面，四个人探身朝下一望，不由大叫，天啊！

壶口瀑布，居高临下，十里河川尽收眼底。往上游看，满河桃花汛汹涌而来；往下游看，龙漕挟激流滚滚而去。上下之间，正是那天塌地陷般的壶口瀑布。空气湿漉漉的，不知是天上落下来的雨雾，还是瀑布激起来的水雾。此刻呈现在我们眼前的，才是真正的壶口瀑布。而先前从检票口旁边侧柏墙缝里看到的，只是龙漕上的一个小瀑布。龙漕上平时没有瀑布，今

年发大水，新增出来几个小瀑布。

再仔细观察，陕西这边的观景台已被洪水淹没，游人只能退避三舍，远远瞭望。对岸山西的观景台高，聚集着大片人群。于是我们调转车头，直奔下游五里外的公路桥，要从那里过黄河，前往山西景区。

途中大家笑着说，先看了一个假壶口，几乎以假当真，错过了真壶口！我说真是惭愧，第二次来壶口的人，居然没认出真假瀑布，倘若今天稀里糊涂返回去，真成了大笑话。

我前次来壶口是2011年深秋，其时汛期已过，水量适中，瀑布收缩在主流区域，浪头将原本淡黄的河水激荡为白色。此番来正值开河凌汛，水势浩大，泥沙俱来。一下摆渡车，看见通往观景台的长桥下面已浊浪滚滚，让人不觉心头一紧。

走过长桥来到观景台，只见主瀑布外，河水又冲上陕西的观景台，再斜着从断崖上翻下龙漕，形成一个硕大的瀑布群。主瀑布正对着龙漕，犹如威猛的冲锋主力，西边断崖上的次瀑布好似包抄部队，遥相呼应。这是壶口瀑布最为经典的雄壮姿态，人们拍过无数照片，发表在各类书刊上，中国人都看熟了眼。主瀑布附近弥散着一团团黄色水雾，几个身穿雨衣的人站在水雾中，估计又在拍照。更多游客则躲开水雾，站到主瀑布往下几十米的地方，靠着铁丝网往上看。

目不转睛盯住瀑布，看一阵，渐渐感觉山在崩，地在裂，声音似乎越来越响，水势似乎越来越大，巨浪一阵一阵朝着脚下翻卷过来。龙漕似乎要满，观景台似乎要被淹，人随时会像羽毛一般被巨浪卷走。好在理智告诉自己，景区上下有联络，水情变化有警报，否则站不了一阵子定要撒腿飞逃了。

雨不知什么时候已经停了，空气依然湿漉漉的，弥散着黄河特有的泥土腥味。站在这撼天动地的瀑布前，我们找不到任何词汇来形容，只是连说不虚此行、不虚此行。

　　六点看罢壶口，想继续沿黄河溯流而上，但道路却拐上了山。一离开黄河我们便没了方向，山间道路盘盘转转，眼见得天也黑下来，只好重新导航，就近到延河边的延长县歇息。

　　华山壶口，奇山绝水。华山刀枪剑戟，裂石穿云；壶口狂风万里，山摇地动。如果用一个字来形容，华山自然是"险"，壶口应该是"烈"。华山行走，人的心往上悬，悬而又悬；壶口观瀑，人的心往下沉，一沉再沉。

　　华山与壶口——大自然书写出的两部巨著，看一遍不行，还需仔细研读。

2018 年

再探沿黄线

那一日看过壶口瀑布之后，顺着沿黄公路离开黄河，转入山中。一入山，道路曲折盘旋犹如羊肠子，绕得我们失了方向，没有找到重回沿黄公路的路，只得在延长县住一夜，第二天经榆林返回保德。

陕西沿黄公路壶口处是一个断点，另一个断点在何处？这条路脱离黄河有多长？为弄清楚这两点，我决定再从上往下探究一回。

2018 年 3 月 30 日，从府谷县城启程，顺黄河一路向下。道路为山岭三级，路面不算宽，但新铺了柏油，大车禁行，小车也少，走起来甚为顺畅。

府谷县境内，路边有几处招牌，然旅游初创，没有什么特别之处，只白云乡古渡口整修一新，看黄河不错。

白云乡下行十多公里，有神木县的西津寺，始建年代不详，古称宝峰寺。规模不算大，占地五亩，高耸于黄河右岸山坡上，与对岸山西兴县裴家津的东津寺隔河相望。

黄河沿岸上百里皆是瘦骨嶙峋的石头山，独西津寺周围黄土厚实，古柏森森，这已经让人称奇。更奇的是，黄土坡上十几万株柏树，树干一律往左拧，仿佛是哪一路神仙突发兴致，随手留下了这一杰作。

从沿河公路上到寺院有一百级石阶，人踏上去，石阶会发出一种空旷的回声，一级和一级不一样，人们把此台阶称作"佛音阶"。我在石阶上走了几个来回，反复细听，有些像敲木鱼的声音。考其原理，地形特殊，大概和天坛的回音壁相似。

山门上有石刻对联，上下联风蚀掉了五个字，揣摩一番，当是"仰望十万古柏，塞下秋来风景异；远眺九曲急峡，黄河之水天上来"。有些不合律，但生动传神。

寺院内有石狮一对，古碑几座，古柏几株。站立山门处，抬眼望去，峡谷云水苍茫，黄河浩荡南流，天高地远，山河壮美，实在是一个修行的好地方。眼下寺院没有和尚，也无须门票，可自由参观。

西津寺下行十五公里左右，对岸有一条大河汇入，是为蔚汾河。蔚汾河携来大量石头泥沙，淤积了半个黄河河道，形成一道大碛，叫软米碛，又叫五米碛。古时候黄河行船，这道碛是鬼门关，叫老艄们心有余悸。右岸断崖边上有一座古河神庙，只一孔窑洞大，已破败，塑像不知何处云游去了，后墙上依稀可见半幅壁画，壁画下面一个小木牌，上写"供奉河神之位"。庙门往前十来步就是断崖，崖下激流滚滚，水声隆隆——险！

早年间行船过碛，老艄们都要先在上游不远处靠岸，带领船工上到这座小庙，虔诚地供奉跪拜过河神，然后才敢放船冲下软米碛。而今黄河上没有船只了，小庙也塌了。如不整修，

再过三五十年，这座小小河神庙终将会塌落到黄河里去，一些历史细节也将随水湮灭。

软米碛往下大约四十公里，山势愈加挺拔，是为天台山。早先我在对岸行走，隔河多次瞭望过这座山，但见其陡峭狭窄，光秃秃尽是些石头，以为没什么景观。现在从山脚下经过，就上去看看，不料却是别有洞天。

这座山和神木二郎山十分相似，东有黄河，西有窟野河，二水相夹，中间挤起来一道石脊，宽不过百米，长约两公里，状若游龙。龙尾处，窟野河与黄河合流。

"天下名山僧占多"，风景奇险之处，必有庙宇。天台山前山有崇峰寺，始建于北魏元宏太和年间；后山有天台诸神殿，始建于明朝成化年间。庙宇之外，还有刘志丹东渡黄河纪念碑。整座山首尾呼应，奇石险道，慢慢游览大约需要一小时。

天台山向下二十公里处，是凤凰山，有一条特别险的石梯，陡峭不亚于华山千尺幢，但台阶只三百来级。攀缘一回，感觉没费多少力气，不大过瘾。上到山顶，四周怪石林立，让人生发无数想象。如有长焦相机，会收获更多。

下行快到佳县时，看到路边正在新建一个景区。有宽阔的停车场，高大的石牌坊，山上好像还有一座高高的塔。上山的步道尚未建好，我们没有上去。围绕石牌坊转悠两圈，费力研究上面的对联匾额，终于琢磨出这是在新建一个"东方红景区"。打开手机看地图，所在地正是佳县佳芦镇张家庄村。

七十多年前，张家庄农民李有源迎着朝阳，第一个唱出了《东方红》，此后几代人传唱，直到今天。

再沿黄河下行，走不远便是高悬在一块大石头顶端的佳县城，半崖上又吊挂着一个香炉寺。行进中望见南山上有一红色建筑，好几层楼高，有些像腰鼓，但不敢肯定。停车问老乡，笑答："那是一颗枣，花了七十万。"重新眺望，果然是好大一颗枣，上面还缀着一片绿色的枣叶子。

下午五点来到黄河二碛，也叫大同碛，对岸便是著名的碛口古镇。湫水河从古镇前汇入黄河，携来大量泥沙石头，形成大碛。黄河水被挤得急剧收缩，直冲陕西这面的石崖。落差大，水流急，暗礁多。大同碛成全了碛口古镇，上游来的货船大多在此卸货，然后雇佣驮队从陆路转运，使得碛口古镇繁华了二百余年。

站在大同碛西岸的石盘上，脚下黄河一浪撵一浪扑过来，激起阵阵水雾，空气中弥漫着黄河特有的泥土腥味。虽不及壶口惊魂夺魄，但也令人心有所动。景区路边新建了观景台，立起了硕大的"黄河二碛"石碑。雕塑、石碑之外，旁边山上还建起一座七层高塔，气势恢宏，叫做红龙塔，估计和黄河神话有关。

盘桓流连之际，夜色渐起，对岸碛口古镇亮起了星星灯火。虽然只隔着一条黄河，但感觉甚为遥远，正如古人所言，隔河千里远。

进入吴堡县城已经是晚上九点。陕西沿黄河几个县城各有特色，府谷城坐在黄河滩里，佳县城悬在一块大石头上，吴堡城则缩身于一道山崖之下。吴堡城东边紧临黄河，西边紧贴山崖，县城有长没宽，赤条条只顺着黄河有一道街，却也省事，满城没有一个红绿灯。

在吴堡城住一晚，第二天去看石头城。石头城在县城附近一座山上，东临黄河，千仞绝壁，甚为险要，故历史上有"铜吴堡"之称。当年筑城就地取材，从外围的城墙、城门，到城内的庙宇、公堂、书院、民居等，各种式样建筑皆用石头垒砌而成，叫石头城实至名归。地势险要有利于防守，但道路不畅，前几年连小车也开不上去。城内居民苦于出行艰难，陆续搬到山下去了，而今只剩一个老汉做最后的守望。

石头城据说是西北地区迄今保存最完整的千年古县城，已经被列为全国重点文物保护单位。我去的时候，县里正在将一大片东倒西歪的石头建筑扶持起来，要做成旅游景点。

看过石头城，再顺流而下，沿途有几个观景台。大约四十公里后，路边有一景点，叫做闯王寨，介绍说是1636年李自成进攻中原受挫后，曾带五十多人在山顶上安营扎寨。山下一所小院，由两个老汉看守着。院里有几眼石窑，一尊闯王塑像。

遥望山顶，有些险要，岩石边上围着铁索，半山坡上有两个破草亭，远看上去宛若两顶破草帽。想着既能安营扎寨，山顶大概会开阔一些，应该有东西可看。于是买票进院，与闯王塑像合个影，然后撅了屁股往上爬。

上山还是原始的土石小路，没有台阶。二十分钟爬上山顶，一看，原来又是一道更短更细的石脊梁，长一百多米，宽三四米。奇特之处是细瘦的脊梁上驮着一块巨石，石上又有几间石屋。路旁的说明牌介绍说，当年闯王曾在此石屋里住过。这个景点也是山势奇特，怪石多多。

闯王寨门前有大碛。东岸山西屈产河，西岸陕西龙泉峡，两条河头顶头汇于黄河，带入大量石头泥沙，雍高水位，挤窄河道，滩险水急。闯王寨院里有一个羊肉面铺子，掌柜老黄，六十多岁，器宇轩昂，早年间曾沿黄河卖过船，见过些世面。说起周围山川掌故，老黄滔滔不绝，说两条支流头顶头汇入黄河，形成土金碛，又叫大碛，所以碛口叫二碛，就是相对于这个大碛而言的。早年间这里也是一个险要去处，常有船只失事。

老黄所说两条支流头顶头汇入黄河，这在晋陕峡谷内确实少见，但土金碛阵势并不比大同碛雄壮。有人说，大同碛被称为二碛是相对于壶口来说的，壶口是大碛。两种说法有待考证。

闯王寨逗留大约半小时，然后顺河下行，很快就看到了沿黄路另一个断点：距离闯王寨大约两公里，沿河绝壁，公路绕山而行。山上公路还是山岭三级，路面平整，但弯道很多，车速也快不起来。

上游断点已经找到，离开黄河，走山中枯燥无味，先后看过正在建设的"沁园春"景区、"太极湾"景区，然后开往绥德，沿黄探路结束。

陕西沿黄公路全程八百二十八公里，有三分之二贴着黄河，三分之一绕入了山中。从上游起点墙头乡到闯王寨，三百四十二公里，寸步不离黄河；从闯王寨到壶口，黄河水路大约一百七十八公里，绕山公路二百七十五公里，多绕近一百公里；从壶口到终点华山镇二百一十一公里，全程紧贴黄河。

贴着黄河走是一件乐事，在山中盘桓则了无趣味。期盼山西或者陕西能开出一条寸步不离黄河的真正的观光路。

2018 年

泛楼船兮济汾河

　　每读汉武帝刘彻的《秋风辞》，"泛楼船兮济汾河，横中流兮扬素波"，心中便有几分疑惑，非是疑惑汾河水浅，载不动大船，而是疑惑"汾河"名字出现的时间。

　　作为黄河第二大支流，汾河古时候波涛浩荡，航运繁忙，直到清朝末期，河上依然可以撑船放筏。从芦芽山、管涔山上砍伐的树木，大部分扎成排筏，在汾河上连成长蛇阵，浩浩荡荡顺流而下，运往太原。由此可以想见，在汉武帝时代，汾河上浮游几条楼船实在是稀松平常的事。

　　先秦以前，"河"偶尔会泛指一些河流，如《山海经》曰："昆仑山，纵广万里，高万一千里，去嵩山五万里，有青河、白河、赤河、黑河环其墟。"绝大多数时候，"河"为黄河专用名，称做"河水"，简称"河"。其他河流则叫"水"，如渭水、淮水、泗水、江水等，汾河自然叫做"汾水"。

　　先秦文献中找不到"黄河"一词，《史记》里也未见"黄河"二字。三国时代，李康的《运命论》里出现了黄河："夫黄河清而圣人生，里社鸣而圣人出，群龙见而圣人用。"魏晋之后，一些诗文里渐见"黄河"的身影，向秀《思旧赋》里有"济黄河以泛舟兮，经山阳之旧居"，《木兰辞》里有"旦辞爷娘去，暮宿黄河边，不闻爷娘唤女声，但闻黄河流水鸣溅溅"。

虽然魏晋诗文里已有黄河，但南北朝郦道元作《水经注》，依然将黄河称为"河"，其他河流都叫做"水"，汾水自然也不改名。"汾水出太原汾阳县北管涔山。""管涔之山，其上无木，而下多玉，汾水出焉，西流注于河。"由此想，刘彻比郦道元早六百多年，《秋风辞》中怎就出现了"汾河"？这"汾河"二字是单指汾水，还是另有所指？

《秋风辞》是刘彻在公元前113年率领群臣到河东汾阴祭祀后土时所作。后土祠位于汾河与黄河交汇之处。遥想当年，水流丰沛的两条大河交汇，波翻浪涌，汪洋恣肆。船行其上，但见天连水，水连天，一时难以分清是河水还是汾水。由此我猜想，《秋风辞》中的"汾河"二字，是否在指"汾水"和"河水"？就像"泾渭""潇湘"分别指泾水、渭水、潇水、湘水一样。从行程上说，后土祠在河东，汉家宫阙在河西，其时河上没有桥，祭祀必须渡河。虽然无法考证当年的渡口在何处，但从地理大势看，应该就在后土祠附近。

将河与汾并称，从汉代开始一直都有，《史记·晋世家》："唐在河汾之东，方百里，故曰唐叔虞。"唐诗《汾上惊秋》："北风吹白云，万里渡河汾。"元诗《过太行山》："战国东西分晋赵，中原南北带河汾。"汉武帝在《秋风辞》中所以写成"汾河"而不是"河汾"，是否为押韵之故？

如果"汾河"是指汾水与河水，两千多年来对《秋风辞》的解释就有误；如果"汾河"是单指汾水，那刘彻可能就是给汾水改名的第一人。

以上是一种猜测，无有依据，为准确判断，我决定去实地察看一番。2019年3月15日，从家乡保德县出发，一路南下，直接开往万荣县庙前村，去观瞻后土祠、秋风楼，领略河汾交汇的美景。

后土祠在禹门口以下大约四十公里处，属山西省万荣县地界。黄河冲出龙门，摆脱晋陕峡谷束缚之后，在汾渭平原上摇头摆尾，开疆拓土，占出十几里宽的河道。干流任性移动，三十年河东，三十年河西。当年汉武帝扩建的后土祠位于汾阴脽上，是汉代汾阴县的一个土丘。唐宋时期，后土祠几度扩建，面积达到九百余亩，号称海内祠庙之冠。到明代，黄河干流东摆，汾阴脽高地被黄河侵蚀，后土祠危急，不得不东退搬迁，面积缩小许多。到清代，黄河继续追着东移，后土祠被冲毁，重新移建于庙前村北的高崖上，面积缩小到了三十余亩。

从汉武帝开始，皇家在后土祠的祭祀活动延续一千五百多年，直到明朝永乐年间，才从后土祠取土，在北京修筑天地坛，祭祀地点转移回了京城。

下午四点来到后土祠，停车场上空荡荡。祠院规模虽然比汉唐时期小了许多，但依然称得上宏大。用一个多小时转了一圈，只见到六七个工作人员和两个从缺口上钻进来的青年男女，冷清得很。秋风楼位于后土祠正殿后，是周围十多里内的最高建筑，可惜楼门紧锁，上不去，无法登高远眺。

后土祠里现存文物依然不少，这样一个地方，倘若放在南方，肯定会成为旅游热点，但在山西却默默无闻。

下午五点半我们离开后土祠，去看河汾交汇点。距汉代两千多年，江山代谢，黄河主流东移，东岸的汾河口不断后退，昔日的汾阴脽高地已变为了黄河河道。三月中旬，虽是黄河凌汛期，但受上游水库拦蓄的影响，后土祠一带水势平缓，水色淡黄，泥沙含量不是很大。来到正在抽水的北赵引黄灌站前，和工作人员交谈，他们说汾河还在河滩东面三四里的地方，之后又特别补充了一句："没水！"

顺着宽阔的河滩往东走，三四里后见到了汾河。大约不到两个流量，无声无息，沉重地流向黄河，莫说楼船，载一只小舟也够呛。河水还有些发黑，实在没什么看头，让人好生失望。

站在河汾交汇处环顾四围，水流涣散，沙滩辽阔。黄河早已没有了汉武帝时期的气势，汾水则更是少得可怜。想象不出两千多年前河汾交汇的雄壮场景，自然也找不到当年汉武帝楼船航行的轨迹。

离开河滩的时候，夕阳正从黄河对岸落下去，落日之处的山坡上，有司马迁墓地。犹如河汾交汇，太史公与汉武帝相会于两千一百多年前，纠葛深远。汉武帝给了太史公一个腐刑，太史公给汉武帝写了一篇传记。传记里几乎看不见汉武帝开疆拓土、文治武功，所见尽是些敬神驱鬼、求仙访巫之事，而且被方士们骗得一愣一愣。太史公秉笔直书，没有歌功颂德，汉武帝雷霆不怒，没有封杀传记，古人的气节与胸襟，后人不得不叹服。

走过后土祠，看罢河汾交汇，没找到什么答案。归来再读《秋风辞》，已是不同，但觉悲凉之气扑面而来。汉武帝一世英雄，

功业连天，最大的希望是长生不老，永远坐在皇帝宝位上不下来。他求仙访道，敬神炼丹，制金铜仙人承露盘，但一个接一个皆告失败。作《秋风辞》时他已四十四岁，当过二十七年皇帝，眼见岁月流逝，人生将老，焦急而没有办法。"箫鼓鸣兮发棹歌，欢乐极兮哀情多。少壮几时兮奈老何！"一个"奈老何"道尽心中无限悲凉。

时光如逝水，楼船行驶在历史长河上，多少英雄豪杰登船表演，"横中流兮扬素波"，但最后谁也留不住，全都下船去了，只留下各式各样的故事和一些歌谣，供后人凭吊吟唱。

2019 年

万里长河一坝收

黄河犹如一条巨藤，穿越万里，一路上结瓜一般串连起三十多座大坝。这些大坝或发电，或灌溉，为人间造福。

从最上游开始，顺流而下，拉西瓦、班多、龙羊峡、尼那、李家峡、直岗拉卡、康扬、公伯峡、苏只、黄丰、积石峡、寺沟峡、刘家峡、盐锅峡、八盘峡、柴家峡、小峡、大峡、乌金峡、沙坡头、青铜峡、三盛公、万家寨、龙口、天桥、三门峡等，连续不断。

三十几座坝中，最大的是小浪底。小浪底往下一百公里就进入了黄河下游，再无峡谷地段，难以筑坝。小浪底横断中流，万里长河一坝收。

走读黄河，小浪底自是重点。去看小浪底之前，又先看了一回三门峡，和2011年秋天所见一样，没有什么新变化。坝外河水清得让人想喝上几口。

看三门峡好似看序幕，三门峡与小浪底两座大坝关系密切。

从地理位置上看，三门峡在上，小浪底在下，相距只一百三十公里，小浪底洄水可直抵三门峡坝前；从时间上看，三门峡比小浪底早四十年有余。就这两点来说，三门峡是小浪底的哥哥。然而从体量上来说，三门峡不及小浪底的十分之一，是小浪底的弟弟。小浪底在三门峡之后而建，完成了三门峡大坝未竟的使命。

看过三门峡，第二天上午八点半来到小浪底景区大门口，售票厅还未上班。等待期间，来了一个三十多岁的男人，说下面库区也可以买票，他要到库区上班，问能否搭我们的车，我们欣然同意。

搭车者原来是一名导游，一边往库区走，一边给我们讲述。小浪底水利枢纽是黄河上最后一道大坝，1991 年开工，2001 年竣工，总工期十年。水库面积二百七十二平方公里，总装机容量一百八十万千瓦，库容量一百二十六亿立方米。大坝使黄河下游的防洪标准由六十年一遇提高到了千年一遇。

来到库区，导游说工程浩大复杂，没有解说很多东西都看不明白。问价格，他说全程陪同一百元，不限时间，于是我们就请他来导游。

游览码头上展示着库区洄水图。绿色水面蜿蜒一百余公里，倒灌了沿途大小支流，使得洄水图看上去酷似一条巨龙，让人产生许多联想。

我们租了一艘快艇，驶入水中，先看坝体和进水口，然后停在库区中央拍照。水面辽阔，山峦起伏，遥望坝梁，也只是那么一痕。最高处的泄洪闸设计为千年一遇，但不敢想象，千年一遇的洪水会是怎样一种情形。

开汽艇的师傅五十来岁，说过去黄河水急，鱼安不住家，只能流浪，所以繁殖得慢，鱼就少。小浪底堵起来以后，水不流，鱼都安下了家，如果三年不打鱼，河里面的鱼群能有一米厚。

浏览过库区风光，上岸，我们在导游带领下参观库区展览馆。一系列图片辅助之下，基本看明白了小浪底的总体结构，地下部分远比地上部分复杂。展览馆里陈列着许多施工照片，导游说，小浪底工程使用世界银行贷款，通过国际招标，前后有五十一个国家参与施工，云集了全世界的一流施工队伍。

展览馆里有立体的黄河下游河道变迁图，形象直观，一目了然。导游是孟津人，听说我们下一站要去中下游分界点，他就给我们讲述分界点的历史，说自古以来分界点就在孟津，现在有人硬要说在桃花峪，这是不尊重历史。看来每个人都有家乡情怀。

走过坝梁，印象深刻的是坝体由土石碾筑而成，并非水泥浇筑。

坝前废弃的一段黄河故道现已经改为公园，碧水绿树，景色宜人。左侧是大坝出水口，很多小浪底排沙照片就拍摄于此。每年七月排沙时，出水口处摄影师云集，万头攒动。从雄奇壮观来看，小浪底排沙不亚于壶口飞瀑。此时三月天气，大坝目前只是发电灌溉，坝前水流和三门峡坝前一样呈碧绿色。

小浪底大坝是黄河上最后一道闸门，其功用无可替代。这一点，早在新中国成立前，人们便看到了。民国时期，便已多次勘察规划。1953 年，黄河水利委员会组织人员进驻小浪底坝址，反复勘探测量，但终因地质条件复杂，无从着手，才上马三门峡水库。

祖
鲎
的
黄
河

204

　　防洪之外，小浪底另一大任务是保证下游不断流。从1972 年到 1999 年，黄河下游共有二十二年出现了断流，最长断流达二百二十六天。作为中华民族的母亲河，断流后果严重。救救黄河的口号喊了十几年，最终还是小浪底大坝实现了这一目标。2000 年小浪底水利枢纽运行以后，黄河再未断流。

2019 年

去开封看黄河

去开封看黄河，理由有二。

其一是小时候看书，发现家门前的黄河在越流越远的同时，居然越流越高，流到开封头顶上去了。有的书里说，黄河水面比开封铁塔还高十五米，有的书里干脆说比塔尖还高十五米。看那示意图，一河水悬在头顶，开封随时都有可能淹在水中，果真有如此玄乎？

其二是听歌谣"开封城，城摞城，城下埋着六座城"，说现在开封城下叠压着六座城池，都是黄河给淹埋进去的。城摞城，摞了六层，那得摞多高多厚，黄河果真有这么暴烈，这么厉害？

去开封是 2019 年 3 月 17 日，到达时已经是晚上七点，我们一行人住鼓楼街一家酒店。这里是老街，属于中心地带，街上人很多。晚饭后登上鼓楼，瞭望四围景色，灯火璀璨，人声鼎沸，让人想到了遥远的北宋时期。

次日早晨来到开封府外，满街灌汤包子铺，一律悬挂着百年老店招牌。进了一家店，落座。老板娘说，我们这是老店，没有开封府的时候，就有我们的包子店了。我们大笑，说太夸张了吧！不料老板娘指着街对面说，早年我们卖包子的时候，对面还是一片工厂，这开封府是2003年才建起来的！这么一说，让我们对开封府的兴趣大减。

据介绍，开封府城依照北宋李诚的《营造法式》修建，楼宇殿堂共五十余座。最引人注目的是包公审案的大堂，堂前摆着民间熟知的"龙头""虎头""狗头"三口铜铡，威风凛凛。正厅院里有巨石，南刻"公生明"，北刻"尔奉尔禄，民脂民膏；下民易虐，上天难欺"，告诫官员们要洁身自好，为官一任，造福一方。

九点，演出包公开府门。"王朝""马汉""张龙""赵虎"簇拥着"包公"走到府门外，上百人身着古装，摇旗呐喊，列成阵势。"包公"在府门外先接一道圣旨，随即就有"秦香莲"哭哭啼啼喊冤而来，"包公"接状纸，情节和京剧《秦香莲》相似。

片刻之间，围观人群已黑压压一大片。"包公"接下状纸，带"秦香莲"回府审理，围观者纷纷买票跟进。

从府内题名碑上可以看到，北宋在开封府任职的，先后有寇准、包拯、欧阳修、范仲淹、苏轼、司马光、宗泽等一大批杰出人物，但民间传颂最多的还是包拯，大约是小说戏剧使然。包青天身上寄托着民众的无限希望，从古代一直走到今天，看样子还将继续走下去。

九点半离开开封府，前往黄河边，探看河悬头顶是怎样一种情形。要去的地方是柳园口，当年毛主席曾经去过，原黄河水利委员会主任王化云先生撰文回忆：

毛主席站在大堤上看到大堤北边的黄河在地面上奔流，大堤南边的村庄、树木、农田，好像落在凹坑里，高大的杨树梢，还比大堤低。毛主席问："这是什么地方，这里河面比开封城里高不高？"吴芝圃同志回答说："这叫柳园口，斜对岸是陈桥，就是赵匡胤陈桥兵变黄袍加身的地方，现在这是渡口。"我接着说："这里水面比开封城地面高三四米，洪水时更高。"毛主席说："这就是悬河啊。"

不少书上说，黄河悬在开封市的头顶，河面高出开封铁塔十五米。于是在我想象中是这样一种情形：接近黄河的时候，先上一道大坡，来到河堤顶上，向外看，黄河滚滚东去；向内看，城市房屋都在脚下，明显比水面低一大截。就像汪曾祺先生在《我的家乡》中描写的那样，河堤和城墙垛子一般高，站在河堤上，可以俯瞰堤下的街道房屋。城里的鸽子飞起来，河堤上的人看到的是鸽子的背。想象中，只要在大堤上扒开一道口子，黄河立马就会滚滚而下，淹没开封市。

十点半来到黄河边，感觉车子压根就没有爬坡，是一路平行开到堤上的。站在河堤上，俯看的不是堤内的房屋，而是堤外的黄河，水面比大堤低了五六米。河道很宽，水流散漫，黄色，还是宋元明清时期的颜色。对面北岸河滩里麦苗青青，一眼望不到头。

左看右看，同行的几个人大呼，这明明是黄河低城市高嘛，

怎就成了地上悬河了？

　　沿河堤行走，不远处就码着一方整整齐齐的石头，防洪备用。每相隔不远就有一座逼水墩，使得整个大堤迎水面呈锯齿状。看罢迎水面，却找不到背水面——河堤与地面分不出界线，甚至连坡度也看不出来。想象一下即使河水涨到堤顶，也只能是漫进城里，不会像古代那样冲开一个大口子。

　　上下左右看一番，沿着河堤行走一段，总感觉河面比城市低。一位同伴特意举着海拔仪，下到水边测了一回高程，说要回去与铁塔对比。

　　沿大堤下行一公里左右有一座浮桥。开车上浮桥，过北面河滩转一圈，发现河滩很宽，浮桥两端将泥沙拢回来，把黄河束为几百米宽，很影响行洪。

　　看完浮桥往回返，十二点来到开封铁塔下。一直以为铁塔就是铁铸的一座小塔，此刻才看清，原来是一座琉璃塔，因为颜色如铁，故称为铁塔。铁塔高而且瘦，看上去有些摇摇欲坠。塔旁的说明牌上介绍，在过去九百多年中，铁塔历经了三十七次地震、十八次大风、十五次水患，岿然不动，甚至日本人的几十发炮弹打上去都没有炸塌，不由得感叹古人的伟大。

　　同伴再测高程，结果是，黄河水面比铁塔地面高出十五米。我们所以感觉有误，是因为河堤与市区用很平缓的坡连接，坐在车里很难感觉出来。

　　虽然仪器测得黄河高于市区，但走过开封府、铁塔、龙亭公园，走过清明上河园，感觉黄河并未悬在头顶，远没有一些书中说的那般玄乎。

　　查资料时看到，历史上黄河七淹开封，最厉害的一次是明崇祯十五年（1642）。李自成围开封，官军义军对垒。有的说是官军为解围掘开了河堤，有的说是义军为破城而掘堤，还有的说是官军掘开小口子，义军以牙还牙，又掘为大口子。几百年了，到底是谁掘的河堤，至今还在争议之中。总之，结果是洪水自北门冲入城内，水与城墙平，深达两到四丈，全城尽为洪水吞没。

崇祯十五年大水与城墙平，但水退后城墙以及城中建筑也没有完全被泥沙掩埋。其余几次水淹，都没有这一次厉害，"城摞城"究竟是怎样摞起来的，不得而知。

阅读一座城市，最好的课本就是博物馆。开封旧博物馆原在包公湖南岸，2018 年 3 月新馆开启，旧馆关闭。

新馆位于市区最西边的新区，与图书馆、文化馆、美术馆、城市规划馆连成一片，气势非凡。博物馆占地面积五万多平方米，是河南省最大的市级博物馆。博物馆从内到外，宽敞宏大，远远超过我的想象，大有皇城风范。博物馆上下两层，一共十八个展厅，无论建筑规模还是馆藏内容，足以抵得上北京首都博物馆。

要把全部展出细看一遍，怕是得要两天时间，我只好重点看有关黄河的内容。上千年来，开封是成也黄河，灾也黄河。馆中的 3D 影像厅循环放映着黄河决口水淹开封的场景，让人震撼。

展出资料显示，1981 年开封龙亭东湖清淤时，意外挖出了明代周王府遗址。继续往下挖，在八米深处看到了北宋皇宫的遗址。之后继续刨根问底，顺藤摸瓜，发现在开封地下三米到十二米处，上下叠罗汉似的摞着六座城池，从下到上依次是魏大梁城、唐汴州城、北宋东京城、金汴京城、明开封城和清开封城。

我终于明白了，所谓城摞城，并不是一座城被完全淤埋后，再在其顶上重铺地基，重建新城。倘若那样，以城高三丈算，城摞城就得有十八丈高，埋入地下需要五十多米深。而实际上，挖掘出的六座城池摞起来也只有十来米深。这样看，摞起来的其实只是六座城池的一些遗址，而不是整座城池。这好比一户人家，居住在一座老宅大院，隔几代重新翻建一次房屋，每次都把地基抬高一点，这样一代接一代，就成了地基摞地基。开封城摞城，实际上也就是遗址摞遗址而已。有人说这是"世界奇迹"，我看太夸张。

开封地面海拔比黄河水面低十多米，未来的日子里，地面自是不能抬高，而黄河也好像不会减低，一河水还将长久地悬在头顶。但如今大堤比古代坚实了许多，加上小浪底水利枢纽调控，黄河安澜，开封无忧。

2019 年

黄河分界点

一条黄河，分为上、中、下游三段。黄河无言，分界点不是自己说的，是人定的。然而查找许多资料，却一直找不到分界点于何年何月为何人所定。为此我专门购得黄河水利委员会编纂的《黄河大事记》，全书八百七十页，记事三千余条，上自尧舜禅让、大禹治水，下到公元 2000 年，黄河上的事包罗万象，但就是没有记载分界点的确定时间。

分界点既不知定于何时，也不知流传了多久，只是到二十一世纪，上中游分界点的名字起了变化，中下游分界点的位置起了争执。

"黄河上中游分界点在内蒙古托克托县河口镇"，二十一世纪以前的各类地理书皆如是书写。虽然河口镇在 1938 年日伪政权期间便被撤销，变成了河口村，但此后半个多世纪，各类书籍坚持不变，依旧写着河口镇，仿佛在等着内蒙古来恢复古镇的名号。但不幸的是，即便到了旅游业蓬勃发展的二十世

纪九十年代，内蒙古依然没有意识到河口镇是价值连城的金字招牌，居然在设镇之时，将河口镇改名为双河镇，好像觉得两条河比一条河更为壮观。

眼见河口镇的名号恢复无望，一个知名度极高的地理坐标总不能长期坐空，于是从 2000 年左右起，教科书和地理书逐步修改，将上中游分界点改为河口村。还有一些书籍大概嫌"村"小家子气，笼统写成了内蒙古托克托县。

2010 年我曾去寻找上中游分界点，走进河口村，看黄河边矗立着的分界标志碑，看清朝同治年间铸造的蟠龙旗杆，深感河口镇把名字丢失是一件很失败的事情。倘若河口镇被黄河水卷走了，名字丢失出于无奈也罢。但现在镇子在，街道在，蟠龙旗杆等古物也还在，名字却给弄丢了。前些年，许多地方挖掘历史，将一些消失得连半块砖头也找不到的古迹重建起来，甚至打造出了孙悟空的故乡、牛郎织女谈恋爱公园之类，但内蒙古反其道而行之，将一个天下闻名的古镇降级为山村，任其淡出人们的视野。

河流分界点的确定，以地理变化为主要依据，同时也得兼顾地点的知名度。倘若定在一个无人知晓的地方，意义便不大。上中游分界点的地理依据，是黄河流过河套平原，由东转向南，冲入晋陕峡谷。但如果仔细考察，河口镇尚属河套地带，西岸是库布其沙漠，东岸是一些黄土丘陵，河道有六七里宽，两岸没有岩石，看不到半点峡谷的影子。从河口镇顺流而下，二十七公里处是喇嘛湾，两岸出现砂岩，河道变窄。继续下行十公里是三道塔村，两岸突变为石灰岩，山势陡然挺拔起来，是为晋陕峡谷起点。倘若单从地理形势来讲，喇嘛湾或者三道塔作为分界点更为准确，但这两个地方知名度太小，而河口镇历史上曾繁华一时，名气很大，将河口镇定为分界点，天下皆知，甚为妥当。

黄河中下游分界点具体坐标历史上也很明确，在洛阳市的孟津，各类地理典籍和教科书均有记载。其主要依据是黄河由此进入华北平原，还有一点原因是孟津名气大。春秋年间，八百诸侯会孟津，震动天下。这样一个著名地点，足以担得起地理坐标的使命。

时间来到1959年，孟津县城搬离黄河岸边，一并将孟津的名字也带走，原地改叫会盟镇，当地人称老城。地名一经挪动变化，事情就复杂起来，分界点被写成了"旧孟津"。多了一个"旧"字，犹如抹去了一段历史，极易引发人的误会，以为孟津没有了。早年间我看到"旧孟津"三个字，也以为这个地方已不存在，不由得想知道新的分界点在哪里。荥阳人大概也看到了这个"旧"字引出的漏洞，趁虚而入，推出了桃花峪。

桃花峪位于郑州荥阳市广武镇境内，在孟津下游大约一百公里处。提出桃花峪分界点的依据是，此地处于中国国土地势的一、二级阶梯交界处，是黄河冲积扇的顶端。口号喊出后，荥阳一番运作，桃花峪分界点便被写入了《河南省志》第四卷《黄河志》里面。到2013年，又被写入了人教版初中地理课本。宣传造势之余，荥阳市还于1999年在黄河边的桃花峪山顶上建起了"黄河中下游分界碑"，以吸引游客。

孟津县虽然手握历史证据，但抵不住荥阳市大张旗鼓的造势，眼看分界点要顺流漂走了。分界点虽然不是什么宝物，但也是祖宗留下的遗产，是一块金字招牌，丢了太显无能。于是

奋起争辩之余，孟津县也于 2010 年在会盟镇的黄河边建起了"黄河中下游分界标志塔"，以捍卫历史地位。

两个分界点有点混乱，需要去实地考察。2019 年 3 月中旬，我们一行六人从山西沿黄河下到河南，17 日上午看过小浪底大坝，中午去看孟津标志塔。

小浪底到会盟镇只三十公里左右，快到标志塔时，先路过汉光武帝陵。门前一块巨石上刻着红漆大字"东汉光武帝原陵"，巨石下面坐着十来个老汉，分成两摊子在打扑克。同伴们拿着"长枪短炮"，以巨石为背景，拍了一组老汉们打扑克的照片。

过光武帝陵，前行二三里，左转弯，就是"黄河中下游分界标志塔"。河水流出小浪底大坝时清碧如蓝，流到此处已重新泛黄。标志塔旁，洛阳黄河公路大桥和二广高速黄河大桥并排飞架，河边为广告宣传的绝佳之地。

标志塔建在一个号称面积五十亩的广场上，塔身材质为金属，火箭穿云一般直指蓝天，高五十四点六四米，寓意黄河总长五千四百六十四公里。塔上用红油漆写着"黄河中下游分界标志塔"，塔座四面是伏羲画卦、大禹治水、诸侯会盟、浪底飞瀑四块大型浮雕。广场入口处设置了宽九米、高二点四米的天然巨石，正面镌刻着"黄河中下游分界标志塔"，背面镌刻了黄河流域图和碑文。

看过分界塔，了却一桩心愿，然后我们继续沿着连霍高速一路向东，再去看荥阳建的分界碑。分界碑在广武山上的桃花峪景区内，距孟津分界塔大约一百公里。广武山也称邙山，是约束黄河的最后一列山脉，历史上有过多次战争，历代文人诗作中多有提及。流过邙山，黄河两岸再无山脉，荥阳人正是依此提出了桃花峪是中下游分界点。

分界碑高二十一米，石砌六面体，中间留一条缝，将碑体分为东西两半，看上去好似一个大写的 H。这条缝落到地面，再用黑色大理石延伸到广场上，以此为界，东西两边分别写着下游、中游。意思将此线延入黄河，便是中下游分界线。

碑体中空，顺楼梯可以盘旋登顶。原有铁丝网拦着不让游客上去，而今铁丝网被人撕烂踩于地上，游客随便上下。楼梯扶手有几处断掉了，顶上的栏杆既不高，也无防护设施，处处是危险。

广场上转一圈，想找一些说明文字，但除过碑上的"黄河分界线"和地面黑色大理石上刻着的"中游""下游"，再无一字，宛如一篇有题目无内容的文章。

岁月悠悠，长河滚滚，历史上留下两个分界点，而今河口镇丢了名字，孟津被桃花峪攻陷，导致文献记载中也出现了混乱，经常是河口镇与河口村同在，孟津与桃花峪并存。由此想，河上两个点的变迁尚且如此曲折，涉及人的那些历史，你争我夺，涂红抹黑，该会有多么复杂，又有几个人能说得清楚。

2019 年

河自几时黄

黄土厚，黄河长，

黄河岸边是家乡。

大禹开河几千年，

河自几时黄？

河自几时黄起，众说不一。有人说黄河之黄，其来也远，自穿越黄土高原那一天起就染上了黄色。其依据是，黄土松软，极易流失，加之黄河还穿过一些沙漠边缘，河水变黄无可避免。正是靠了黄河输送大量泥沙，才诞生了华北平原。如果说黄河不黄，那华北平原难道是人给堆出来的？古文献中早有描述黄河黄的文字，《左传》引用《周诗》曰："俟河之清，人寿几何？"说明那时候黄河就不清。

也有人说，黄河原本不黄，即使到了先秦时期，黄土高原还草木繁茂，植被良好，河水还是清的。只是后来人类生产活动增加，焚山垦地，使森林草原植被退化，水土流失加剧，黄河才黄了起来。先秦时黄河就叫"河"，并没有"黄"字。《诗经·伐檀》里有"坎坎伐檀兮，置之河之干兮。河水清且涟猗"，明白无误地写着清涟荡漾，黄河不黄。

黄河老矣，初始何等模样，黄不黄，谁也不曾见过。研究人员推测，黄河诞生至少已有一百万年。一百万年实在太遥远，遥远得让人无法想象，其时连人类是什么模样，到现在都说不清。"华夏文明五千年"，能把这五千年说清楚已很不简单。

河自几时黄不好说，但河在什么年代最黄，一目了然。从大禹治水算起到二十世纪上半叶，黄河一代比一代黄，一年比一年黄，一直黄到"斗水七沙"，黏稠如泥浆。之所以一代比一代黄，是由黄土高原的地理条件所决定的。黄土松软，极易流失，每下一场雨，黄土坡上就要新添一些小沟壑，旧沟壑则要加长加宽几分。而今登高四望，黄土高原上万千座山头犹如海上浪涛，上下起伏，遥相呼应。仔细观察不难发现，这些山头的顶端基本处于同一高度。在几千或者几万年以前，它们曾连在一起，是天长日久的雨水将它们慢慢割裂开了。现在陕北还有一些"塬"，保留着黄土高原早期的地貌。如果不加治理，这些"塬"也会慢慢被切割成一座座的黄土山头。

二十世纪七十年代，我在村里种过几年地。每年春天，生产队都要派我和一位老农去耕地。一人吆牛扶犁，一人打土疙瘩。地是黄土坡地，头一年下雨，坡上总会冲出一些或大或小的水渠。来到地头后，我的第一件事就是掏水渠——把两边的土刨入水渠，填起来，以防耕地时闪伤牛腿。耕种完一茬，第二年春天再来时，我头一年刨入水渠里的黄土早已被冲走，水

渠张开更深更宽的怀抱迎接我，让我填埋起来更加费力气。我一边刨土，一边想，刨入水渠里的这些黄土，来年不知道会流到哪里，或许河南，或许山东，或许会滚滚不息，一直流到黄河入海口。有些水渠连着掏过几年之后，渐渐就变成了一道小沟，牛也走不过去了，于是一块地就被割裂成了两块。在生产队几年，我眼睁睁看着黄土坡上的水渠从无到有，由小变大，深感天雨的厉害，也明白了地里的泥土是怎样跑到黄河里去的。

黄河水一代比一代黏稠，从下游决口和改道上也得到了验证。有资料统计，秦代以前黄河下游水患少，大约二百年决口一次。西汉二百余年间发生满溢决口改道十二次。来到唐代，平均每十年发生一次决口水患。到宋代，每十年发生五次。元明清时每年发生近两次，民国时期每年发生四次。虽然有些朝代或因战乱，或因灾荒，或因统治者昏聩，导致决口次数增加，但总体看，下游淤积是一代甚于一代，呈现出一种加速度状态，其结果就是淤积出了华北平原。

华北平原三十万平方公里，学者说主要由黄河携带大量泥沙沉积所致。如果说黄河是中华民族的母亲，那黄土高原无疑就是父亲，华北平原就该是儿子了。黄土由风刮来，囤积出一座高原，再由水带去，淤积出一座平原。自然之力难以估量，时间之神奇无可想象。

冲积出面积三十万平方公里、厚度达几百米的一座大平原，是一场旷日持久的运动，需要多长时间难以计算，但五千年肯定不够。先秦以前黄河就曾改道，说明那个时候黄河已经在携带泥沙，淤积平原了。

从空间来看，黄河从源头走起，穿山越岭，越走越黄，越走越稠，一路走到入海口。从时间来看，黄河从远古走起，穿越各个朝代，也是越走越黄，越走越稠，一路走到今天。

华夏文明五千年，大禹以前的事委实难以考证，这里姑且就说河自大禹黄起吧。杭州西湖边有飞来峰和冷泉亭，明代董其昌撰联曰："泉自几时冷起，峰从何处飞来？"后人多有对答，其中一联曰："泉自禹时冷起，峰从项处飞来。"借此联来结束此文：河自禹时黄起，原从山上移来。

2019 年

祖先的黄河

黄河名字考

先秦之时，黄河就叫"河"，没有别的名字。"河"字为黄河专用，其他河流不叫河，叫"水"或者"川"。

《说文解字》对"河"作如是解释："水出敦煌塞外昆仑山，发原注海。从水可声。"有人根据甲骨文进一步解释，说最初造"河"字，左边水流，右边一个人在吆喝，说明水流浩大，要渡到对岸去，非舟船无以为渡，是北方第一大川，故"河"字原本就是为黄河而诞生。

华夏文明自黄河而起，先秦文献中经常提到黄河，全都写作"河"或者"河水"。《列子·夸父逐日》："夸父不量力，欲追日影，逐之于隅谷之际。渴欲得饮，赴饮河渭。河渭不足，将走北饮大泽。未至，道渴而死。"《庄子·秋水》："秋水时至，百川灌河。泾流之大，两涘渚崖之间，不辨牛马。"《诗经》提到河的诗篇更多："关关雎鸠，在河之洲。""河水洋洋，北流活活。""谁谓河广？一苇杭之！"《吕氏春秋》里同时说到川、河、水："何谓六川？河水、赤水、辽水、黑水、江水、淮水。"

《山海经》里写了许多河流，几乎是一个格式，先说某山，接着说山上有何奇珍异物，接下来就是某水出焉，西流注于河，或者东流注于河。比如渭河："又西二百二十里，曰鸟鼠同穴之山，其上多白虎、白玉。渭水出焉，而东流注于河。"比如汾河："管涔之山，其上无木而多草，其下多玉。汾水出焉，而西流注于河。"

偶尔，河字也会被借用到别处，泛指河流。比如《孟子》曰："禹疏九河"，《山海经》曰："昆仑山，纵广万里，高万一千里，去嵩山五万里，有青河、白河、赤河、黑河环其墟。"虽然有借用，但黄河还是叫河，没有别名。

秦始皇灭六国，定天下，践华为城，因河为池，雄心勃勃要将帝王大业传以子孙，二世、三世以至万世无穷。有人综合儒、法、道诸家学说，给秦始皇献上五德循环论，说黄帝得的是土德，所以当时有黄龙和巨大的蚯蚓出现。夏朝得的是木德，所以当时有青龙栖息在郊外，草木苗壮茂盛。殷朝得的是金德，所以当时有白银从山中流出来。周朝得的是火德，所以当时有红色乌鸦的符瑞。现在秦朝取代了周朝，是水德的时代。从前秦文公出外打猎，捕获了一条黑龙，这就是水德的祥瑞。这番说辞得到了秦始皇的认可，于是秦朝就把黄河改名叫"德水"，规定以冬季十月作为一年的开始。

秦始皇给黄河改名之事，载于《史记·秦始皇本纪》和《封禅书》中："秦始皇既并天下而帝，或曰：'黄帝得土德，黄龙地蟥见。夏得木德，青龙止于郊，草木畅茂。殷得金德，银

祖笔的黄河

222

自山溢。周得火德，有赤乌之符。今秦变周，水德之时。昔秦文公出猎，获黑龙，此其水德之瑞。'于是秦更命河曰'德水'，以冬十月为年首。"

五德循环，但秦王朝的水德不中用，抵挡不住农民起义的烈火。陈胜吴广揭竿而起，天下云集响应，秦二世而亡。秦亡以后，"德水"之名也随即废弃，黄河重新复名为"河"。《史记》写汉代祭祀黄河，一律称之为"河"，不用"德水"之名。

府谷县有学者撰文，说"德水"之事既然载于《史记·封禅书》中，由此可以推断秦始皇曾黄河封禅，封禅地点就在府谷县的太极龙湾，因为那里是黄河入秦的起点，"秦源德水"，有一处地名还叫做封禅台。学者还顺便提出，保德县名也与黄河改名"德水"有关。

《史记·封禅书》专门记载封禅祭祀等活动，书中说，夏、商、周三代已在祭祀名山大川，只是祭祀对象和地点不固定。到秦代，正式规定祭祀名山十二座，大川七条，第一条就是黄河，祭祀地点在"临晋"，即今天的陕西省大荔县，而非府谷县的太极龙湾。秦始皇黄河封禅史书无载，只是一种猜想，难以确认。

从汉唐到宋代，评价秦朝总是暴政，始皇是暴君。保德县建城设官在宋淳化四年（993），取名定羌军，十几年后改为保德军，再改为保德州。据《保德州志》记载，"保德"二字取意为"民保于城，城保于德"，这句话出自《左传·哀公七年》。给保德取名的时候，距秦代已经一千多年，"德水"之名没有几个人记得。"德水"倘是尧舜之作，或许会有人怀念，拉扯到名字里面还有些说头，但"德水"是秦始皇之作，宋人不会去追捧，保德之名应该与"德水"无关。

"德水"之后，西汉一度将黄河叫做"浊河"。《史记·高祖本纪》载，高祖六年十二月，刘邦采用陈平计，拘捕了韩信。大臣田肯先向刘邦表示祝贺，然后分析天下大势，说到齐国之地重要时，有这样几句："夫齐，东有琅邪、即墨之饶，南有泰山之固，西有浊河之限，北有勃海之利。"这里的浊河就是黄河。由这几句对话可以看出，将黄河称作"浊河"在汉初较普遍，说浊河大家都清楚所指为黄河。

"浊河"离"黄河"已是不远，何时由"浊"变"黄"？黄河水利委员会编纂的《黄河大事记》中有这样一条："'黄河'之称始见于汉初。《史记·高祖功臣侯者年表》引汉高祖封爵之誓曰：'使黄河若带，泰山若厉。国以永宁，爰及苗裔。'古文献中黄河之称即由此始。"但翻阅《史记》，封爵之誓却是十六个字："使河如带，泰山若厉。国以永宁，爰及苗裔。"

纵览《史记》，多处提到黄河，但除过一处用"德水"，一处用"浊河"之外，其余皆以河相称。《史记·河渠书》专写水利，记载黄河多次决口，也都写作"河"，没有"黄"字。

另有学者考证，"黄河"一词最早见于东汉班固《汉书·地理志》"常山郡·元氏县"的释文里。原文如下："常山郡，高帝置。莽曰井关。属冀州。户十四万一千七百四十一，口六十七万七千九百五十六。县十八：元氏……沮水首受中丘西山穷泉谷，东至堂阳入黄河。"这里沮水有误，应为泜水，因为沮水发源于陕西留坝县，注入了汉江。

另据中国地图出版社出版的《中国历史地图集》显示，虽然黄河在远古时候曾经流过堂阳一带，但到西汉时，河道已东

移到现在的德州附近，距堂阳大约有一百公里。到东汉，黄河继续东移，距堂阳超过一百五十公里。"东至堂阳入黄河"显然有误。对照东汉时期地图，泜水在堂阳是入了漳水，最后流入渤海。纵观班固的《汉书·地理志》和《沟洫志》，写黄河皆以河相称，只有"元氏县"这里写成了黄河，估计是漳河之笔误。然不管正误，这好像是古籍上第一次出现黄河二字，由此推测，黄河的名字此时已经诞生。

班固之后约一百五十年，三国魏明帝年间，有一个叫李康的人作《运命论》，挥毫写道："夫黄河清而圣人生，里社鸣而圣人出，群龙见而圣人用。"这篇文章笔力雄肆，波澜壮阔，被选入《昭明文选》，流传广，影响大。毛主席曾经引用："过去美国人骂我比希特勒还希特勒，蒋介石骂我们是共产主义的土匪。李康《运命论》说：'木秀于林，风必摧之；堆出于岸，流必湍之；行高于人，众必非之。'就是人必骂之，人不被别人骂不好。"李康在文中首次把黄河与圣人扯到一块，"黄河清而圣人生"这一句流传一千多年，代代有人念叨，仰起脖子盼望黄河清，圣人生。

从《运命论》开始，黄河走入诗文中。魏晋时期，向秀作《思旧赋》："济黄河以泛舟兮，经山阳之旧居。"南北朝的《木兰辞》："旦辞爷娘去，暮宿黄河边，不闻爷娘唤女声，但闻黄河流水鸣溅溅。"王褒作《渡河北》："常山临代郡，亭障绕黄河。"南朝范云出使北魏，渡黄河时作诗，题目便是"渡黄河"。

黄河的名字虽然在魏晋时已常有使用，但南北朝郦道元作《水经注》，依然将黄河称为"河"或"河水"，其他河流则都叫做"水"。比如"汾水出太原汾阳县北管涔山""渭水出陇西首阳县渭谷亭南鸟鼠山","河"字还为黄河专用。

到唐朝，黄河这一名字已频频出现在诗文中。"黄河之水天上来""九曲黄河万里沙""白日依山尽，黄河入海流""黄河远上白云间"等，数不胜数。黄河的名字普及以后，"河"字不再专有，开始用到其他河流上面，如汾水也叫汾河，渭水也叫渭河，唐诗中也常见，如"汾河流晋地，塞雪满并州""吴岳夏云尽，渭河秋水流"等。唐朝一代，完成了黄河名字的转变，延续到宋代，"黄河"成为正式的名字，此后再无变化。

万里长河，从远古一路走来，越走越黄，直至黏稠。名字也几经变化，最后形象地叫做了"黄河"。在"黄河"之名确立后，早先称为"水"的大小河流方才改称为"河"。大地上河流万千条，若从名字追溯，黄河是它们的老祖宗。

2019 年